U0626974

［美］爱默森 著

张爱玲 译

爱默森选集

南海出版公司

青马（天津）文化有限公司
出 品

目录

爱默森选集

〔美〕马克·范·道伦 编

Mark Van Doren

译者序

爱默森（Ralph Waldo Emerson）是十九世纪文坛的巨人。他的作品不但在他的本土传诵一时，成为美国的自由传统的一部分，而且已经成为世界性的文化遗产，溶入我们不自觉的思想背景中。

爱默森的作品即使在今日看来，也仍旧没有失去时效，这一点最使我们感到惊异。他有许多见解都适用于当前的政局，或是对于我们个人有切身之感。他不是单纯的急进派，更不是单纯的保守主义者；而同时他决不是一个冲淡、中庸、妥协性的人。他有强烈的爱憎，对于现社会的罪恶感到极度愤怒，但是他相信过去是未来的母亲，是未来的基础；要改造必须先了解。而他深信改造应当从个人着手。

他并不希望有信徒，因为他的目的并非领导人们走向他，而是领导人们走向他们自己，发现他们自己。每一个人都是伟大的，每一个人都应当自己思想。他不信任团体，因为在团体中，思想是一致的。如果他抱有任何主义的话，那是一种健康的个人主义，以此为基础，更进一层向上发展。

他是乐观的，然而绝对不是一个专事空想的理想主义者。他爱事实——但是必须是"纯粹的事实"。他对法国名作家蒙泰恩的喜爱，也是因为那伟大的怀疑者代表他的个性的另一面。

他的警句极多，大都是他在日记中几十年来积蓄下来的，也有是从他的演辞中摘出的。他的书像珊瑚一样，在地底缓慢地形成。他自己的进展也非常迟缓，经过许多年的暗中摸索。他出身于清教徒气息极浓的家庭，先代累世都是牧师，他早年也是讲道的牧师，三十岁后方才改业，成为一个职业演说家，兼事写作。那时候的美国正在成长中，所以他的国家观念非常强烈。然而他并不是一个狭隘的"知识孤立主义者"，他主张充分吸收欧洲文化，然后忘记；古希腊与印度文化也予他很大的影响。

他的诗名为文名所掩，但是他的诗也独创一格，造诣极高。我们读到他的情书与他追悼幼子的长诗，可以从他的私生活中看出他的为人。他对那夭折的孩子的感情，是超过了寻常的亲子之爱，由于他对于一切青年的关怀，他对于未来的信念，与无限的希望寄托在下一代身上。明白了这一层，我们可以更深地体验到他的悲恸。

爱默森在一八〇三年生于波士顿。他早年是一个严肃的青年。他的青春与他的天才一样，都是晚熟的。他的姑母玛丽是一个不平凡的人，他很受她的影响。无疑地，她对于他的成功有很大的帮助。

他自从在哈佛大学读书的时候起，就开始写他那部著名的日记，五十年如一日。记载的大都偏于理论方面。他在一八二九年第一次结婚，只记了短短的一行。在一八三五年第二次结婚——对象是丽蒂亚·杰克生——也只记了一行。

他三十岁那年，辞去了波士顿第二礼拜堂的牧师职位，随即到欧洲旅行。他在苏格兰会见了卡莱尔。他发现了卡莱尔的天才，同时卡莱尔也发现了他的天才。这两个人个性完全相反，然而建立了悠久的友谊，在四十年间继续不断地通着信。

回国后他在各地巡行演说。这种生活是艰苦的，因为当时的旅行设备相当简陋，而且他也舍不得离开他的家庭。但是他相信这职业是有意义的，所以能够有毅力继续下去。

他的第一部书《大自然》（*Nature*）在一八三六年出版，此后陆续有著作发表。他在一八四七年再度赴欧的时候，他的散文集已经驰名于大西洋东西岸。

爱默森的写作生活很长。但是在晚年他尝到美国内战时期的痛苦，内战结束后不久，他就渐渐丧失了记忆力，思想也不能集中了。他在一八八二年逝世，有许多重要的遗作，经过整理后陆续出版。英国名作家麦修·亚诺德曾经说：在十九世纪，没有任何散文比爱默森的影响更大。

本书各篇，是从马克·范·道伦（Mark Van Doren）编辑的《爱默森集》（*The Portable Emerson*）中选译出来的，共分"计画""生活方式""诗""人物""书信"五章，每章前面都有节译的"编辑者言"，以为介绍。

第一章 计画

编辑者言

　　爱默森在一八三六年出版了《大自然》；在一八四四年，《散文集》全部完成后出版；在这几年之间，他发表了许多篇连续性的演说，无异于宣告他是他那一代的先知。这些演辞不但语气是先知式的，命意也是先知式的。爱默森也像他同一时代的许多别的美国人一样，有志做一个演说家。那新的共和国——它那时候还是新建立的——需要人发言来宣布它未来的伟大，警告它途中有种种危险，因为预言也具有批评性，有时候人们现出一些征象，表示他们是在彷徨着，离开了他们的命运，预言就会提醒他们，指出他们的命运。

　　爱默森假定他的听众是美国的青年。他号召他们，他为他们分析途中的危险。他那篇《美国的学者》，他的听众将它看作一篇智识独立宣言，原意也是如此。《人——天生是改革者》与《保守党》涉及政治与社会问题。这两篇论文并没有离开学者的立场，但是它们企图说明任何青年在未来的社会里的实生活中或许有希望扮演的角色。这两篇论文是急进的，而同时又是保守的——这一点很使某些听众感到不解。爱默森对于个人的期望很大，他相信个人可能比群众经过更大的转变；事实是，群众的每一份子都必须使自己臻于完善，然后才能够增添群众的美德。仅只机械式地改善人们的生活情形，爱默森并不把希望寄托在这上面。他自己的种种计画结果只是一个计画："团结必须是内心的……团结必须是基于真实的个人主义才是理想的。"

一　美国的学者

(一八三七年八月卅一日在麻省剑桥城美国大学生联谊会〔Phi Beta Kappa Society〕发表的演说)

　　会长，诸位，我们今年的文艺工作又开始了，我向你们致敬。这是一个满有希望的周年纪念日，但有待努力的地方也许仍旧很多。我们聚集在一起，并非为了较力或较技，也不是来朗诵历史、悲剧和诗赋，像古代的希腊人一样；也不是为了恋爱与诗歌而集会，像中世纪的浪漫诗人一样；也不是为了科学的进展，像英国与欧洲各国都会的现代人一样。到现在为止，我们这个假日只是一种友善的表示，说明我们这民族虽然过分忙碌，没有余闲欣赏文学，对于文艺的爱好依然存在。就连这样，这一天也是宝贵的，因为它表示文艺的爱好是一种无法毁灭的本能。但是它应当更进一步，它将要更进一步——也许现在已经到了时候了；美洲懒散的智力将要由它的铁眼睑下面望开去，使这世界对于它久未兑现的期望得到满足，比机械技巧方面的成就得到更好的东西。我们倚赖别人的日子，对于其他国土的学识悠长的学习时期，将近结束了。我们四周有亿万青年正向人生里面冲进来，不能永远用异邦残剩的干枯的谷粮来喂他们。某些事件，行动发生了，这些事件，行动是必须被讴歌的，它们本身讴歌自己。谁会怀疑诗歌将要复兴，导入一个新时代；像那天琴星座中，现在在天顶上发光的那一颗星，天文学家宣布说，它有一天将要成为海行者标志的北极星，达一千年之久。

我抱着这样的希望，接受了这题目——今天这一天的演讲，不但由于惯例，而且由于我们这协会的性质，似乎限定要用这题目——"美国的学者"。一年又一年，我们到这里来读他的传记中的又一章。让我们来探究，新时代与新的事件怎样帮助说明他的性格，他的希望。

有一个寓言——是远古不知道什么年代产生的这种寓言，传下一种意想不到的智慧——说在最初，诸神把"人"分为人们，使他比较便于帮助他自己；就像把一只手分成五只手指，可以更有用处。

这古老的寓言隐藏着一条永远新鲜而崇高的教义，那就是：有一个"人"——只是部份地存在于所有的各个人里面，或是存在于某一种禀赋里；你必须观察整个的社会，才能够得到整个的人。人不是一个农民，或是教授，或是工程师，但是他是一切。人是祭司、学者、政治家、生产者、军人。在分裂的状态中——也就是说：在社会的状态中——这些职务是分给了各个人，每人指望做那共同工作中派给他的一部份，各人站在自己的岗位上。那寓言暗示着，每个人如果要掌握他自己，就必须时时由他自己的岗位回来，拥抱一切其他的劳动者。但是很不幸，这原来的单位，这力的泉源，已经分散给群众，这样精细地分了又分，零售销光了，使它泼开来成为水滴，不能再聚拢了。社会是这

12

样一种状态，每一个人都像是从身上锯下来的一段肢体，昂然地走来走去，许多怪物——一个好手指，一个颈项，一个胃，一个肘弯，但是从来不是一个人。

于是人蜕化为一样东西，许多种东西，栽种植物的人，其实就是"人"被派遣到田野中收集食物；他很少感觉到他这任务的真正的庄严，从中得到安慰。他只看见他量谷子的箩筐，与他的货车，此外什么都不看见，于是就降为一个农民，而不是"人"在农场上。商人几乎从来不认为他的工作也有一种理想的价值，他只被他这一行手艺的常规所操纵，灵魂为金钱所奴役。牧师成了一种形式；律师成了一本法律书；机师成了一架机器；水手成了船上的一根绳子。

在这职务的分配中，学者是被指定了代表理智的。在正确的状态里，他是"思想着的人"。在腐化的状态里，当他成为社会的牺牲品的时候，他就有一种倾向，成为一个单纯的思想者，或是——比这更坏——别人的思想的应声虫。

从作为一个"思想着的人"的观点来看他，学者这职位的原理就在里面包含着。大自然用她所有的平静的或是有警觉意味的画图来诱导他；人类的过去教诲他；人类的未来邀请他。实在每一个人岂不都是一个学生？一切事物岂不都是为了学生的进益而存在的？而且，真正的哲人岂不终究是唯一的真正导师？但是那古代的预言说："一切事物都有两只柄；当心不要握错一只。"在人生里，学者往往也和人类一同犯错误，放弃了他的特权。让我们来看他在他的学校里的情形，同时参照他所受到的主要影响来估量他。

一

大自然对于精神上的影响，以时间来说是最先，以地方来说是最重要。每一天，太阳；在日落之后，夜，与她的星辰。风永远吹着；草永远生长着。每一天，男人与女人，谈着话，观看着，被观看着。在一切人之间，这种形象最能吸引的就是学者。他必须在自己心里决定它的价值。在他看来，大自然是什么？这上帝的网，它那不可理解的连贯性，从来没有开始，也从来没有结束，永远是圆形的力，回到它的自身。这一点它正和他自己的心灵相像，他永远不能找到它的开始与结束——这样完全，这样无限。大自然的光彩也照得那样远，宇宙上面还有宇宙，像光线一样地放射出去，向上，向下，没有中心，没有圆周——不论是聚集的或是分散的，大自然都迫切地向人的心灵表白她自己。开始分门别类了。在年青人的心里，每一件东西都是个别的，独自站在那里。渐渐地，他知道怎样把两件东西连在一起，看出它们之间的共同性；然后三件东西，然后三千件；于是他被他自己这种联合一切的本能所支配，继续把事物拴在一起，减少不规则的现象，发现地底的树根，将相反的，遥远的事物联络起来，在同一个枝干上开花。他不久就知道，自从历史开始的时候，事实就不断地聚集和分类。然而"分类"的意义是什么？无非是看出这些事物并不是杂乱无章，彼此之间没有关系的，而是有一定的规律，这同时也是人类的心灵的规律。几何学纯粹是人类心灵里的一种抽象的东西，而天文学家发现行星的移动可以用几何学来测量。化学家发现一切物质中都有比例与可以理解的法则；科学是什么呢，无非是在距离最远的事物中发现相仿、相同之点。一个志向远大的人坐下来研究每一件难以控制的事实；把一切奇异的构造与一切新势力一个一个地归入它们的种类，归纳到它们的定理中，而且永远这样下去，运用深刻的观察，将各种组织的最后一根纤维，以及大自然的外缘，都赋以生命。

于是，这天宇下的学童感觉到他和自然"本是同根生"；一个是叶子，一个是花；亲谊与同情在每一根血管里活动着。树根是什么呢？不是他的灵魂的灵魂么？一个太大胆的设想；一个太荒唐的梦。然而，一旦这心灵的光辉帮助他发现了比较有形体的物性的规律的时候——当他知道崇拜灵魂，而且看出现有的自然哲学仅只是灵魂的巨手最初的探索的时候，这时候他将要盼望知识日益扩大，好成为一个未来的造物主。他将要看出大自然是灵魂的反面，每一部分都相呼应着。一个是图章，一个是印出来的字。它的美丽是他自己心灵的美丽。它的规律是他自己心灵的规律。因此他把大自然看成他自己的成就的测量器。他对于大自然知道得不够的程度，也就是他对于自己的心灵还掌握得不够的程度。总之，那古代的箴言，"认识你自己"，与现代的箴言"研究大自然"，终于成为同一个格言了。

二

给予学者精神上的影响，第二个要素是人类过去的心灵——不论是用什么形式铭镌于那心灵上的，是文学、是艺术，还是一种制度。书籍是最好的一种过去的影响，我们单只考虑书籍的价值，也许藉此可以知道真实情形，比较易于探悉这种影响的程度。

书籍的原理是高尚的。最初的学者接受他四周的世界，这使他沉思；在他自己内心里把这一切重新整顿过之后，他又把它陈述出来。它进入他里面的时候是人生；它从他里面出来的时候是真理。它到他这里来的时候是短暂的动作；它从他里面出去的时候是不朽的思想。它到他这里来的时候是事务；它从他那里出去的时候是诗歌。它以前是死的事实，而现在，它是活的思想。它可以站得住，而它也可以走动。它一会儿是稳固耐久的，一会儿又飞翔，一会儿又予人以灵感。当初孕育它的心灵有多么深，它就飞得多么高，歌唱得多么久，那比例是非常精确的。

或者我也可以说，这全在乎那将人生化为真理的过程的进度。蒸馏的手续越是完备，制成的物品越是纯洁，不朽。但是没有绝对完美的。正如一只抽气筒无法造成一个完全的真空，也没有一个艺术家能够在他的书里完全排除一切因袭的，地方性的，容易腐朽的东西，或是写一本纯是思想的书，在各方面对于悠远的后代都像对现代人一样地合用——"现代人"，或者应当说下一代。我们发现每一个时代必须写它自己的书——或者应当说，每一代为下一代写。较古老的一个时期的书是不适合于目前的。

然而这就引起一个严重的祸害。创作与思想本来带着一种神圣性，这神圣性记录下来了。人们觉得那歌唱着的诗人是神圣的：从此那诗也是神圣的。那作家有一个正直智慧的心灵：从此就公认那本书是尽善尽美的；正如我们对于一个英雄的敬爱变了质，成为崇拜他的石像。那本书立刻变成有害的：导师成了暴君。群众迟钝歪曲的心灵，很迟缓地才开放，容许理智的侵入，而一旦开放之后，一旦接受了这本书，就信赖它，如果它被藐视，他们就嚷闹起来。以这本书为基础，兴起许多思想派系。有人写上许多书关于这本书——是"思想者"写的，不是"思想着的人"；那就是说，是天赋很好的人，但是出发点错了，他们从一般公认的教条出发，而不是从他们自己心目中的义理出发。温顺的青年人在图书馆里长大，他们相信他们的责任是应当接受西塞罗[1]，洛克[2]，培根[3]发表的意见；他们忘了西塞罗，洛克与培根写这些书的时候，也不过是图书馆里的年青人。

因此，我们没有"思想着的人"，而有书呆子。因此有了这样一个阶级——有书本上的知识，因为书籍是书籍而去重视它；他们重视书籍并不是因为它是与大自然和人的素质有关的，而是因为它仿佛在世界与灵魂之外，成了一种第三阶级。因此有这些修缮考订古本的人，以及各种不同程度的"藏书狂"患者。

书籍用得好的时候是最好的东西；滥用的时候，是最坏的东西之一。怎样是用得对呢？一切的方法都想达到同一个目标，这目标是什么？无非是予人以灵感。我宁愿从来没有看见过一本书，而不愿意被它的吸力将我扭曲过来，把我完全拉到我的轨道外面，使我成为一颗卫星，而不是一个宇宙。世界上唯一有价值的东西是活动的灵魂。这是每一个人有权享有的；这是每一个人里面都含有的，虽然在绝大多数的人里面都是被阻塞着，还没有生出来。活动的灵魂看得见绝对的真理，能够把真理说出来，也能创造。它做这件事的时候，它就是天才；天才不是得天独厚的寥寥几个人的特权，而是每一个人可靠的产业。它的本质是前进的。书籍、思想派系、艺术派系、任何种类的制度，都是停留在过去的天才的某一句言语上。这很好，他们说，——我们抓住这个吧。他们把我钉牢在一个地方。他们向后看，不是向前看。但是天才向前看：人的眼睛生在头前，不是生在脑后。人怀着希望：天才创造事物。无论一个人天赋多么好，如果他不创造，上帝精纯的流光他是没有份的——也许有煤渣与烟，但是还没有火焰。有些态度是创造性的，有些行为是创造性的，也有创造性的辞句；而那种态度，行为，辞句，都看不出是根据任何习俗或出典，而是从心灵本身感觉到的善与美之中自然地涌出的。

从另一方面说来，如果它不是自己启示自己，而是从另一个心灵那里接受到它的真理，即使那真理的光是像滔滔不绝的激流一样，倘若没有经过相当时期的幽思，反省，自己重又掌握住自己，其结果就是无可救药的损害。由于过度的影响，天才永远够得上做天才的仇敌。每一个国家的文学证实我这句话。英国的诗剧作家现在莎士比亚"化"已经二百年了。

无疑地：也有一种正确的读书方法，严厉地使书服从读者。"思想着的人"绝对不要为他的工具所制伏。书籍是供学者消闲的。当他能够直接阅读上帝的时候，那时间太宝贵了，不能够浪费在别人阅读后的抄本上。但是在间歇的黑暗到来的时候——一定有这种时候的——当太阳躲了起来，星群收回它们的亮光的时候——我们走到灯下，灯光继续照耀着我们，领导我们回到东方，黎明在那里。我们听别人发言，为了使我们自己能说话。阿拉伯格言说："一棵无花果树，只要看着另一棵无花果树，就结果子了。"

我们从最好的书里得到的那种愉快的性质，确是值得注意的。这些书给我们的印象，使我们相信这是某一个人以前写的，而现在也就是他在那里阅读，因此作者与读者性情完全相同。我们读英国最伟大的诗人——乔瑟 [4]，马伏尔 [5]，德莱登 [6] ——的诗章，可以感到最现代的喜悦——我的意思是：那种愉快一大半是由于他们的诗里排除了一切时间性而得来的。我们喜悦的成分，有一点敬畏和它参杂在一起，因为我们诧异这诗人生活在某一个过去的世界里，两三百年前，而他说的话却是贴近我的灵魂的，是我自己差一点没想到，差一点没说出来的。一切心灵都相同，这哲学上的学说，在这里就有一个证据。不然，我们就得假定有一种预先建立的和谐；就得假定还没有投生的灵魂，就有人预先知道了，预备下了一些贮蓄，供给他们将来的需要；正如我们观察到的昆虫的实际情形，牠们死亡之前积蓄食物给幼虫吃，其实牠们根本看不到幼虫了。

我并不是为了爱好什么学说，或是过分夸张人类的本能，因而就冒失地低估了书籍的价值。我们都知道：正像人的身体可以从任何食物里得到营养——即使是煮熟的草和皮鞋汤——人的心灵也可以用任何知识作为食料。也曾经有过这样的人，他们是伟大的英勇的，然而他们几乎除了印出的书页外，什么都不知道。我只想说：需要一个强健的头脑，才受得住这种饮食。一个人要善于读书，必须是一个发明家。像格言里说的，"要想把西印度群岛的财富带回家来，必须先把西印度群岛的财富带出去。"因此，有创造性的写作，也有创造性的阅读。劳动与创造加强了心灵的活力，在这时候，我们无论看什么书，由于字里行间丰富的暗示，书页都像是亮莹莹地发光。每一句都是加倍地有意义，作者的命运是像世界一样地广阔。我们于是又发现一件事实：我们知道一个预言者洞烛未来的一刹那是短暂的，在悠长的岁月里难得碰见这样的时候；因此他这灵感的记录或者占他的著作的最少一部份。有鉴别力的人读柏拉图与莎士比亚的时候，只读那最少的一部份——只限于真正明哲之言——其余的他全都扬弃了，好像它不是千真万确的柏拉图或莎士比亚的著作一样。

当然，也有一种书是一个有智慧的人不能不读的。历史与精密的科学，他一定要下苦功研读。同样地，大学也有它不可缺少的职务，那就是将一些要素教给学生们。但是它们的目的应当是创造，而不是操练；只是这样，它们才能够发挥最大的功效；它们应当从远处收罗各种天才的每一道光线，聚集一堂，用这集中的火焰使年青人的心燃烧起来。思想与学问天生是这种性质，器械与华美的外表对于它们毫无帮助。大学的礼服，基金（即使是足够建造一个黄金的城市），也不能和最渺小的一个隽妙的字句对抗。你如果忘记这一点，那我们美国的大学即使一年年地阔起来，也会逐渐减少它们在社会上的重要性。

三

一般人普通都有一种观念，以为学者应当是一个隐士，一个羸弱的人——不宜于做任何手工或公众的劳动，正像一把削铅笔的刀不能当斧头用。所谓"讲求实用的人"讥笑那种爱思索的人，仿佛他们因为思索，观察，就什么事都不能做。教士往往是他们那一个时代的学者，比任何别的阶级都要普遍；我听说过，人们对教士的称呼是女性的；说他们听不到男人粗鲁的自然的言语，只听到一种扭捏的，冲淡的语法。有时候他们实际上被褫夺了公权；并且，确是有人提倡他们应当终身不娶。这种情形，凡是对于学者阶级当真有的地方，都是不公平的，也是不智的。在一个学者的生活里，行动是隶属于思想之下，但也是必须的。他没有行动，就还不能算他是一个人。没有行动，思想永远不能成熟而化为真理。世界像一层美丽的云一样地悬挂在我们眼前，我们甚至于看不见它的美丽。不活动，就是怯懦；没有勇敢的脑筋，就不是学者。

思想的前面有一篇序文——思想从无知觉到有知觉，经过这样一个过渡时期——这就是行动。我生活过多少，我就只知道这么些。我们可以立刻看出谁的辞句里装满了人生，谁的句子里没有。

这世界——灵魂的影子，或是"另一个我"——广阔地展开在我们四周。它的种种吸引力都是钥匙，开启我的思想，使我认识我自己。我迫切地奔入这响亮的喧嚣中。我抓住我旁边的人的手，我在那竞技场中站上我的岗位，我受苦，我工作，我有一种本能，它教导我，说：只要这样，那喑哑的深渊就能发出声音来说话了。我穿透它的内部组织；我消散它的恐怖；我将它布置在我逐渐扩大的生活范围内。我体验到多少的生活，我就征服多大的旷野，种植多广的田地，我的生命和我的领土就伸展得多么远。我不懂得任何人怎样能舍得放弃任何他能够参加的活动，仅只为了怕神经衰弱，或是想多睡一场午觉。有这种活动，他谈话中才能够唾珠咳玉。苦役、灾难、激恼、贫困，都教给我们辩才与智慧。一个真正的学者舍不得轻轻放过每一个做事的机会，认为少做一件事就是损失一点力量。

行动是原料，智力用这原料塑成华美的物品。将经验化为思想，这也是一个奇异的过程，像把一片桑叶化为软缎。这种营造工作整天进行着。

我们童年和年轻的时候的行动与事件，现在成为我们最平静地观察着的事情。它们像美丽的图画一样地在空中展开。我们近来的行动，以及我们目前处理的事情，就不是这样。我们在这种事上就不能沉思。我们的情感还在它里面循环流动着。我们不觉得，也不知道它的存在，正如我们不觉得身上生着脚，或是手，或是脑筋。那新的事实还是人生的一部——有一个时期它沉浸在我们不自觉的生活里。到了某一个时候，我们在那里默想着，它就像一个熟了的果子一样，自动地与人生分开，成为脑子里的一个思想。它的地位立刻提高了，状貌也美化了；原是可以腐朽的，变为不朽的了。从此它是一件美丽的东西，不管它的来源与邻里多么鄙陋。你们也得要观察到这一点：将这事提早举行是不可能的。当它是一个螟蛉的时候，它不能飞，它不能发亮，它是一个暗淡无光的螟蛉。但是突然，我们还没有觉察，这同一个东西展开美丽的翅膀，是一个智慧的天使了。所以，在我们个人的历史中，没有一件事不是迟早都会失去它黏附在人生上的无生气的形式，从我们身上飞翔到最高的一重天上，使我们惊奇。摇篮，幼年，学校与操场，怕男孩子，怕狗，怕戒尺，爱小姑娘与浆果，还有许多别的事实，曾经有一个时期是天大的大事，现在已经消逝了；朋友与亲戚，职业与政党，城市与乡村，国家与世界，也必定要飞翔歌唱。

当然，一个人如果把他整个的精力放在适宜的行动里，他收到的智慧是最丰富的。我不愿把自己关在这充满了动作的地球之外，把一棵橡树栽在花盆里，让它在那里挨饿，憔悴；我也不愿意单靠某一种才能上的收入，将一种思想的矿脉掘光；很像那些萨伏衣 [7] 人，他们维持生活是靠雕刻牧羊人，牧羊女，与吸烟的荷兰人，贩卖给整个的欧洲；有一天他们到山上去找木块，发现他们把最后一棵松树也削光了。我们有许多作家，把他们的矿脉写光了，然后，——动机是很可嘉奖的深谋远虑——他们乘船到希腊或是巴勒斯坦，跟猎人到草原上去，或是在阿尔及尔斯漫游，补进一些有销路的货色。

即使仅只为了要一个丰富的语汇，一个学者也应当迫切地需要行动。生活是我们的字典。费上许多年月在乡村里劳动，是值得的；或是在城市里，是深入地观察各种工商业；与许多男人和女人直爽地交往；研究科学，艺术；唯一的目的是多方面地控制一种语言，用来说明我们的见闻，使它具体化。我听任何人说话，从他言语的贫乏或是华美上面，立刻就可以知道他过去是否充分地生活过。生命在我们后面展开，像一个石矿，我们从那里采集砖瓦与笠石，用在今天的建筑里。这是学习文法的方法，思想派系与书籍仅只抄录田地与工场制造的语言。

但是行动最后还有一样好处——与书籍一样，而比书籍更好——这就是：它是一种资源。大自然中的起伏——那伟大的原理——表示各种现象里：人的呼吸；欲望与厌腻；海的潮汐；日与夜；热与冷；还有那更深地浸染在每一个原子与每一种流质里，那种所谓"磁性引力"——牛顿所称为"痉挛性的顺利传达与反射"的一些现象——这是大自然的定律，因为它是心灵的定律。

心灵时而思想，时而行动，每一个痉挛产生另一个。有时候一个艺术家用完了他的材料，幻想不再替他描画出各种境界，他很难捉住一个思想，读书也使他感到厌倦——他总还可以拿生活来作本钱。个性是比智力更崇高的。思想是一种机能。生活是那机能的执行者。溪流可以追溯它的发源处。一个伟大的灵魂不但在思想上是坚强的，在生活上也是坚强的。他是否缺少一种器官或是媒介来传达他的真理？他仍旧可以倚仗这最基本的力量，用生活把真理表达出来。这是一个完全的行动。思想是一个部份的行动。让公理的庄严在他的业务里发光。让爱情的美丽给他的陋室带来愉快。那些没没无闻的人，与他同住共事的人，在日常生活里都可以觉得他那品性的力量，用这种方式来测量它，比任何公开的或是有计画的表现还要可靠。岁月告诉我们，一个学者纯粹以人的身份生活着的时候，绝对不是浪掷光阴。在这里，他舒展了他的本能的神圣的幼芽，而又保护着它，不使它受到侵蚀。表面上所受的损失，却在获得的力量得了补偿。有益于人群的巨人，他们破坏旧的，建造新的，他们决不是出身于那种耗尽文化的教育制度里培养出来的人，而是出自鸿濛未辟的野蛮的天性；可怕的诸益德人[8]与伯塞喀人[9]里面，终于出了一个阿尔弗烈德[10]与莎士比亚。

所以我只要听到有人说什么"劳动是庄严的，每一个公民都需要劳动"——现在开始有人说这样的话了——我总是觉得喜悦。锄头与铲子里面仍旧有美德，不论捏锄头、铲子的人是有学问还是没有学问。而劳动是到处受欢迎的；总有人找我们做工；只有这一个限制，我们要注意：一个人不应当为了要参加更广泛的活动而牺牲自己的主张，迁就一般人的意见与行为的方式。

现在我已经说过了学者受到的大自然的教育，书籍的教育，行动的教育。还应当说到他的责任。

他是"思想着的人"，他的责任是与他的身份相称的。这些责任也许完全包括在"自我信托"里。学者的职务是指出外表之下的事实，藉以鼓舞，提高，领导人们。他从事于那迟缓的观察工作，不被人尊敬，也没有报酬。佛兰姆斯蒂德[11]与赫歇尔[12]，在他们装着玻璃窗的天文台里，可以编录星球，赢得世人的赞美，而他们的成绩既然是光荣的，有益的，也确定可以得到荣誉。但如果有一个人在他私人的天文台里，记录人类心灵中隐晦的星云（迄今还没有人想到将它们当作星云看待），有时候为了寥寥几件事实，接连许多天，几个月，一直守望着；修正他过去的记录——

这样的人是无法在人前夸耀的，也不能希望马上成名。他的工作需要长期的准备，所以他对于当代流行的艺术往往不熟悉，也不擅长，使那些能干的人都鄙视他，把他推挤到一边。他必定有很长一个时期期期艾艾说不出话来；他常常得要为了死的东西放弃活的。更坏的是：他必须接受（这样的例子太多了！）贫穷与寂寞。走那条旧的路，接受社会上流行的风格与教育与宗教，然而他宁可受苦受难，筑出他自己的路；接踵而来的是既容易又愉快；自己谴责自己，自己觉得气馁，常常感到惶恐，感到虚耗时间——这都是那倚赖自己指导自己的人所遇到的途中的荆棘，而他仿佛和社会简直站在敌对的地位，尤其是和那受过教育的社会层。有什么好处可以抵销这一切的损失与被藐视？他是在实行着人类最高的机能，他可以在这一点上得到安慰。他提高了自己，他没有私人的顾虑，而是呼吸着，生活着公众的杰出的思想。他是这世界的眼睛。他是这世界的心脏。他得要保存并且传达英勇的情操，高尚的传记，音韵悠扬的诗章，与历史的定论，藉以抗拒那俗不可耐的繁荣——那种繁荣永远有一种趋势要退化到野蛮去。人类的心灵在一切紧要的关头，在一切严肃的时候，无论它吐出什么至理名言，作为它对于这活动的世界的评注——这一切他都应当接受，应当传达。理智在她不可侵犯的宝座上判断今日的过往行人与事件，无论有什么新的判决，他都应当听着，应当宣扬。

既然这些事都是他的职务，他应当完全信任他自己，永远不要向世俗的舆论低头。他知道这世界，只有他知道。过去或是现在某一刹那间的世界，仅只是外表的型态。某种伟大的礼教，某一个被疯狂崇拜的政府，一种为时非常短暂的通商，或是战争，或是有一个人，被所有的人类的半数拥护着，又被另一半攻击着，仿佛一切全靠这拥护或是攻击。可是最可能的，这整个的问题还抵不过那学者听着这争论的时候所错过的最低劣的思想。他应当相信一枝气枪的枪声就是气枪的枪声，即使世界上最年老最可尊敬的人断言它是世界末日的霹雳声。他应当沉默，稳定，绝对置身事外，坚持他自己的见解：继续不断地观察着，耐心地，不怕被人忽视，不怕被人责备，坐待时机——只要他能自己觉得满意，认为他今天真正看到了一些什么，他就很快乐了。每一个正确的步骤都有良好的收获。因为他有一种可靠的本能，使他把自己的思想告诉他的同胞们。随后他就发现：他发掘他自己心灵里的秘密，同时也就深入一切心灵的秘密。他发现一个人如果瞭解他个人思想里的任何规律，他在这范围内也就瞭解一切人——凡是使用同一种语言的人，以及其他种族，只要他们的语言能把他们的语言译出来。诗人在极度的孤独生涯中回忆他自动自发的思想，把它记录下来，我们发现他记录下来的这些，就连拥挤的城市里的人也认为是真实的,可以应用在他们自己身上。演说家起初感到怀疑，他那些直爽的自白也许不太适宜，他对于他的听众也知道的太少，然而他随后就发觉他和听众是相互为用，缺一不可的——他们充分吸收他的语句，因为他代替他们满足了他们的天性；他深入发掘自己最阴私，最秘密的预感，而他惊奇地发觉这是一般人最易接受的，最公开的，和具有普遍的真实性的，群众喜欢这个；每一个人里面善良的一部分都感觉到：这是我的音乐；这是我自己。

一切的美德都包含在自我信赖里。学者应当是自由的——自由而勇敢；就连在他给自由下的定义也表示他的自由："没有一点阻碍，除非是从他自己的素质里兴起的阻碍。"勇敢，因为一个学者的天职是要把恐惧这样东西撇在脑后。恐惧的产生永远是由于愚昧无知。如果他在危险期间的镇静，是因为他认为他像儿童与妇女一样，是特别被保护的一种人；又如果他移转他的思想，避开政治或是那些使人困恼的问题，把他的头像鸵鸟一样地埋在花木里，向显微镜里窥视着，押韵作诗，像一个孩子感到恐怖的时候就吹口哨，来鼓起自己的勇气——这都是可耻的。照他这样做，那危机仍旧是一个危机，而恐惧只有更厉害。他应当像一个男子汉一样，回过身来面对事实。他应当正视事实，搜察它的性质，检验它的来源——来源不会太久远——看看这只狮子从前还是一头小兽的时候是个什么样子；然后他就会发觉他自己完全明瞭了它的性质与范围；他用两臂环抱着它，量过了它的腰围，知道它不过如此，他从此可以藐视它，扬长地，优越地走过。一个人如果能看穿这世界的矫饰，这世界就是他的。你见闻中的种种聋聩，极度盲从的习俗，蔓延的错误之所以存在，只是因为大家容忍它——因为你容忍它。你只要看出它的谎话，你就已经给了它一个致命的打击。

它是的，我们是被威胁，被制伏的人——我们是没有信心的。有一种思想，认为我们在自然界中出现得很晚；这世界很久以前早已完成了——这是一种危险的思想。当初在上帝的手里，这世界是柔软的，流质的，可以任意捏塑的；现在它也始终是这样，我们可以按着我们具有的神性，捏塑这世界。它对付愚蠢与罪恶是像燧石一样地坚硬。他们竭力适应环境，迎合它；但是，只要一个人内心有一点神圣的东西，天宇就成正比例地在他面前化为流质，他可以在上面盖上私人印鉴，也可以把它塑成任何形式。伟大的人并不是能够改变物质的人，而是能够改变我的心境的人。伟大的人能把一切自然界与一切艺术都染上他们目前的思想的色彩，并且举重若轻，他们那愉快而平静的态度说服了人们，使人们相信他们所做的事正是自古以来大家都想摘的一只苹果，现在终于成熟了，邀请着许多国家分享这收获。伟大的人造成伟大的事物。无论麦唐诺[13]坐在那里，那就是桌子的首席。李耐[14]使植物学成为最有诱惑力的一种学识，把它从农民与采药女的手里接收了过来；戴维尔[15]之于化学，居维尔[16]之于化石，也是这样。一个人如果在某一天内沉静地抱着伟大的目标工作着，这一天就是为纪念他而设的。人们的品评是不可靠的，但是他们遇到一个心灵中充满真理的人，自会拥上前来，像大西洋里重重叠叠的波浪跟随着月亮。

为什么要信赖自己，那理由是深不可测的，深暗得无法阐明。我陈述我自己的意见的时候，也许我的听众并不与我有同感。但是我希望他们有同感——我刚才提到的"一切人都是一个人"的理论，已经说明了我为什么抱着这样的希望。我相信人是被损害了，他损害了他自己。他几乎迷失了那可以领他回去，恢复他的特权的亮光。人们成了无足轻重的东西。历史上的人，今日世界上的人，是虫豸，是鱼卵，他们被称为"群众"或是"羊群"。在一个世纪里，在一千年里，只有一两个人：那就是说只有一两个近似每一个人的正规状态的人。其余的人全都在一个英雄或诗人里看到他们自己幼稚和原始的人格达到成熟的状态；是的，他们并且甘心退避三舍，好让它尽量发展，臻于至善。那贫苦的族人，那卑微的党员，他为了他的首长的光荣而欢悦，这证明了他自己天性里的种种要求；这种证明充满了庄严，充满了悲悯。贫贱的人在政治上，社会上甘拜下风，然而在宽宏大量的精神上取得了若干补偿。他们甘心在一个伟大的道路上像苍蝇似的被扫开，好让他充分发展那人类共有的天性，那天性就是大家最热烈地希望能发扬光大的。他们在那伟人的光辉里晒暖他们自己，觉得这是他们自己的素质。他们从自己被践踏的身躯上将人的庄严脱下来，披在那伟人的肩上；他们愿意死，为了要多加一滴血使那伟大的心跳动，使那巨人的筋骨战斗，征讨。他为我们活着，我们在他里面活着。

像他们这样的人，自然是要寻求金钱或权势；而要权势，是因为权势即金钱——所谓"职位的战利品"。为什么不？他们抱着最高的企图，而在他们梦游的状态中，他们梦想着权势就是最高的，唤醒他们，他们就会离弃这虚假的善，奔向真正的善，把政府丢给书记与书桌。要完成这革命，须要把文化的观念逐渐培养起来。论到华美庄严，论到范围的广阔，世界上没有一种事业比教养一个人更为重要。原料都在这里，散布在地上。一个人的私人生活，和历史上任何王国比较起来，都是一个更显赫的君主政体，在他的敌人看来更是可畏，对于他的友人的影响更是甜蜜，恬静。因为从正确的观点看来，一个人包括了一切人的特殊性格。每一个哲学家，每一个诗人，每一个演员不过像一个代表一样，替我做了些事，而这件事我将来有一天也可以替自己做。我们从前非常珍视的书籍，现在已经把它们学完了。这就是说，普遍的心灵从一个作者的眼睛里向外看，我们得着了同一个观点，我们成为那个人，然后我们走了过去。我们逐一地把所有的水槽都喝光了，这些给养使我们变得更伟大起来，我们渴望一种更好的，更丰富的食物。从来没有一个人能够永远喂饱我们。人类的心灵不能像神龛似的安置在某一个人里，如果他将这无边无际不可限量的心灵的国土的任何一面竖起了藩篱。它是中央的烽火，时而从埃得纳火山的唇间吐出来，照亮了西西里的山岬，时而又从维苏威火山的喉中冒出来，照亮了那不勒斯的塔与葡萄园。它是一个光，从一千个星辰里照耀出来。它是一个灵魂，使一切人都有生气。

但是我也许在这学者的抽象观念上逗留太久了，使人厌倦。我不应当再耽搁了，需要立刻加上我所要说的与现代和我国关系较近的几句话。

在历史上，一般地都认为各时代主要的思想都有不同之点，有许多资料，标志出古典时代，浪漫时代的天才，以至于现在的反省性又称哲学性的时代的天才。我刚才宣布了我的意见，认为一切人之间，心灵都是一致的，相同的，所以我不大注重这些分别。事实上，我相信每一个人都经过这三个时代。一个男孩子是希腊风的；一个青年是浪漫的；成人是反省性的。然而我并不否认主要观念上的革命可以很清晰地追溯出来。

有人嗟叹说我们这时代是一种内向的时代。这一定是有害的么？似乎我们是吹毛求疵的；往往转念一想，又改变了主张，自己也觉得惭愧；我们不能好好地享受一样东西，因为我们渴望知道那愉快是由什么造成的；我们内心装置着无数眼睛；我们用我们的脚观看；这时代是传染上了哈姆雷特[17]的忧郁——

思想的暗淡情态，使他憔悴。

这也不至于那么坏吧？有眼光，绝对不是一件可怜悯的事。我们愿意做瞎子么？我们难道怕我们看得太远，胜过大自然与上帝，而且把真理喝干了？我认为文艺者的不满只表示一件事实：——他们发现自己与他们前辈的心境不相同，而将来的情形还没有经过试验，他们因而觉得遗憾。就像一个孩子怕水，他还没有知道他可以游泳。如果你愿意生在任何时代，该是革命的时代吧；那时候旧的与新的并排站着，容许人家比较它们；那时候一切人的精力都被恐惧与希望探索着；那时候，新时代丰富的可能性可以补偿过去历史上的光荣。这时代，像一切时代一样，是一个非常好的时代，只要我们知道怎样对待它。

我很高兴地看到未来的岁月的吉兆；在诗与艺术里，在哲学与科学里，在教会与国家里，这些征兆已经发出微光了。

这些征象之一是：提高国内所谓"最低阶层"的那种运动，在文艺中有非常显著而善良的表现。文艺不复讴歌那崇高美丽的一切，而去发掘那眼前的低卑的普通的东西，将它化为诗歌。从前被准备粮秣整装远行的人不经意地践踏在脚下的东西，人们忽然发现它比任何异邦都要富饶。穷人的文艺，儿童的情感，街头的哲学，家庭生活的意义，全成了当代的话题。

这是跨了很大的一步。这岂不是一个征兆——象征新的精力，使四肢活动起来，温暖的生命的潮流奔入手与脚。我不要求伟大，遥远，浪漫的东西；在义大利或阿拉伯发生的事；什么是希腊艺术，或是法国南部的歌曲；我拥抱平凡的东西，我探究那些熟悉的卑微的东西，我坐在它们脚下。我只要对现代有深入的鉴察力，古代与未来的世界我都可以不要。我们真正想知道什么东西的意义？小桶里的麦粉；锅里的牛奶；街头的民歌；船只的新闻；眼睛的一瞥；身体的式样与走路的姿态——给我看这些事物的基本理由；给我看那最高的精神上的原因，总有这样一个原因潜伏在这些地方——在大自然的近郊与边疆上；让我看每一件琐事，它里面饱含着的那种"两极性"立刻将它列入一条永恒的定律中；将那商店与犁耙与帐簿都联系到同一个根源上——也就是那同一个原动力使光线波动，使诗人歌唱——于是这世界不复是一篇沉闷的杂记，一个堆杂物的房间，而是有形式，有条理的；没有琐碎的东西，没有不可解的谜语，而是有计画的，使最远的高峰与最低的濠沟都团结起来，同样地具有活力。

这观念曾经激发了歌尔德斯密斯[18]，本斯[19]，考柏[20]的天才，在较新的时代里，还有歌德[21]，华滋华斯[22]与卡莱尔[23]。他们以不同的方式遵从这观念，成功的程度也参差不齐。与他们的作品对比，颇普[24]，约翰生[25]，吉朋[26]的风格显得冷酷而迂腐。这种作品是像血液一样地温暖。人们很诧异地发现近旁的事情和辽远的事情一样美丽，一样神奇。近旁的解释了遥远的。一滴水是一个小海洋。一个人是和所有的自然界有关连的。这种对于通俗凡品价值的认识，有丰饶的新发现。歌德在这一点上比任何现代作家还要现代化，从来没有一个人像他这样向我们指出古人的天才。

有一个有天才的人，对这种人生哲学有很大的贡献，他的文学价值迄今没有得到正确的估价——我是说依曼钮尔·斯威登堡[27]。他是最富幻想的人，作风却有数理学家的精确，他曾经尝试将一种纯粹哲学性的论理学灌输到他那时代的通俗的基督教里。这样的一种尝试，自然是极难的，无论什么天才都无法克服那种困难。但是他看出并且指出大自然与灵魂的性情之间的关系。这看得见，听得见，摸得到的世界，他点穿了它的象征性的精神上的性质。他在阴暗的地方，特别容易得到灵感，他的幻想在大自然的低卑的区域徘徊，描摹那些境界；他指出联合恶德和坏事两者之间神秘的关连；他利用史诗性的寓言传布关于疯狂，野兽，不洁净与可怖的东西的一种学说。

我们这时代的又一征象——它也有一个类似的政治运动作为标志——是对个人所给予的一种新的重要性。将每一个人都围上出于本性的敬意的栅栏，使每一个人觉得这世界是他的，使人对待另一个人像一个独立国对待另一个独立国——凡是这一类的事，凡是有一种倾向要把个人隔离起来的事件，同时也有另一种倾向，不但使人类伟大，而且使人类真正团结起来。忧郁的佩斯塔罗西[28]说："我发现这广大的世界上，没有一个人情愿或是能够帮助任何别的人。"只有从心里发出来的援助才有效。学者必须将现代的一切能力，过去的一切贡献，未来的一切希望都集中在他自己身上。他必须是一个融会贯通各种学识的人。如果有任何更重要的教训是他应当谛听的，那个教训是：这世界是不足道的，人是一切；一切自然的定律都在你心里，而你连点滴元气怎样上升都不知道；整个的理性都在你心中睡眠着；一切都要你去知道；一切都要你去敢为。

会长，诸位，——一切动机，一切预言，一切准备，都指出说：这种对于人类尚未开发的威力的信心，是属于美国的学者。我们听着欧洲温雅的文艺女神说话，听得太久了。人们已经怀疑美国的自由人的精神是胆怯的，模仿性的，驯服的。大众与私人的贪欲，使我们呼吸的空气变得厚重而肥腻。学者是行为端正的，怠惰的，柔顺的。你已经可以看见那悲惨的结果。这国家的心灵，因为人家教它以低级的东西为目标，它自己吞噬自己。除了循规蹈矩的柔顺的人，谁都找不到工作。最有希望的年青人，在我们的国土上开始他们的生命，饱吸着山风，被上帝所有的星辰照耀着，然而他们发现下面的土地和这些不协调；他们的行动，被一般人经营事业的原则所灌注的憎恶妨碍着；他们沦为贱役，或是因为憎恶而死亡，有些是自杀的。用什么方法来补救呢？他们还没有觉悟——而千千万万同是充满了希望，挤到栅栏跟前要想创立事业的青年，也还没有悟到这一点：如果一个人坚强地站定在他的本能上，留守在那里，那广大的世界自会来迁就他的。忍耐——忍耐；你泽沐着一切善良的，伟大的人的余荫；你的安慰是你自己无限的生命的远景：你的工作是研究与传达原理，是使这些本能普及，是感化全世界。一个人生在世上，如果不成为一个单位——不被人当作一个特征看待——不产生每一个人天生应当结出的特殊的果实，而被人笼统地看待，成千论万地，以我们所属的政党或地域来计算，以地理上的区别来预测我们的意见，称我们为北方或南方——这岂不是最大的耻辱？不能像这样，兄弟们——天哪，我们的一生不要像这样。我们要用自己的脚走路；我们要用自己的手工作；我们要发表自己的意见。研究文学将不复是一个引人怜悯的名词，使人怀疑的名词，或是仅只代表感觉上的纵欲。人的敬畏与人的爱，将是一层保卫的墙壁，一只喜悦的花圈，围绕着一切。一个"人的国家"将初次存在，因为每一个人都相信他自己是被神灵赋以灵感的，而那神灵也将灵感赋予一切的人。

〔注释〕

[1] Marcus Tullius Cicero（106－43B.C.），罗马演说家，政治家，哲学家，博学能文，尤长辩论，著有《神性论》，《至善论》等哲学书，《国家论》《法律论》二政治书。因演说攻击安多尼（Marcus Antonius）之专横，为安氏所杀。

[2] John Locke（1622－1704），英国经验派哲学家，所著《悟

性论》（*Essays Concerning Human Understanding*）为哲学史名著。

[3] Francis Bacon（1561－1626），英国政治家，哲学家，近世经验哲学之创始人，重要著作有《新工具》（*Novum Organum*），《学术进步论》等。

[4] Geoffery Chaucer（1340－1400），英国诗人，称英国文学之祖，所著以《坎特百里故事》（*Canterbury Tales*）为最有名。

[5] Andrew Marvell（1621－1678），英国诗人，戏曲作家，著有 *The British Aristides* 等。

[6] John Dryden（1631－1700），英国诗人兼戏曲作家，著有讽刺诗及戏曲多篇。

[7] Savoy，地名，在法国东南境，近瑞士。

[8] Druids，古代塞尔蒂克人（Celtic 现英国及爱尔兰）及高卢人（Gaul 现法国）一种能妖术预言的僧侣。

[9] Berserkers，古代斯堪的那维亚（Scandinavia）野蛮凶猛的武士。

[10] Alfred The Great（849－901），西撒克逊王，以贤明著称。

[11] William Flamstead（1646－1719），英国天文学家。

[12] William Herschel（1738－1822）John Frederick William Herschel（1792－1871），父子均为英国著名天文学家，此处不知何所指。

[13] 不详，或系指 Etienne Jacques Joseph Alexandre Macdonald（1765－1840），法国陆军大元帅。

[14] Carolus Linnaeus（1707－1778），原名 Karl Von Linne，瑞典自然科学家，尤以植物分类学（Linnaean classifcation）著名。

[15] Humphry Davy（1778－1829），英国名化学家，发明矿

工用之安全灯，又名戴维灯。

[16] Georges Cuvier（1769－1832），法国博物学家，称古生物学及比较解剖学之祖。

[17] Hamlet，莎士比亚四大悲剧之一。

[18] Oliver Goldsmith（1728－1774），英国诗人，小说戏剧作家，小说中之《威克斐牧师传》（*The Vicar of Wakefield*），为我国传诵最悉者。

[19] Robert Burns（1759－1796），苏格兰抒情诗人，以用俚语方言著为素朴自然之诗称，作品有 *Tam O'Shanter* 等。

[20] William Cowper（1731－1800），英国田园诗人，改译荷马史诗，自作 *Task* 凡六卷。

[21] Johann Wolfgang Von Goethe（1749－1832），德国诗人兼小说戏曲家，所著《少年维特之烦恼》及剧曲《浮士德》皆有中译本。

[22] William Wordsworth（1770－1850），英国桂冠诗人。

[23] Thomas Carlyle（1795－1881），苏格兰评论家，哲学家，历史学家，见本书"人物"篇。

[24] Alexander Pope（1688－1742），英国古典派诗人，著作甚多，有 *Essay On Criticism*，*Essay On Man* 等，及 *Dunciad* 讽刺诗，并译荷马之 *Iliad* 及 *Odyssey*。

[25] Samuel Johnson（1709－1784），英国诗人，评论家，曾编纂《英国大辞典》。

[26] Edward Gibbon（1737－1794），英国历史家，著有《罗马衰亡史》（*Decline and Fall of the Roman Empire*）。

[27] Emanuel Swedenborg（1688－1772），瑞典哲学家，科

学家及神学家，新耶路撒冷教会（New Jerusalem Church）创始人。

[28] Johann Heinrich Pestalozzi（1746－1827），瑞士教育家，著述甚多。

二 人——天生是改革者

(一八四一年一月廿五日在波士顿机师练习生图书馆协会发表的演说)

会长，诸位，我想供献一些意见给诸位考虑，题目是：人，作为一个改革者来说，他的特殊的与一般性的关系。我敢说这协会每一个青年的目标都是最高的——一个有理性的心灵所有的目标。即使我们承认我们过的这种生活是平凡而卑贱的；也承认上帝创造我们主要的是为了某些职务与功能，而这些职务与功能在社会上变得这样稀有，只有在古老的书中与模糊的传统里还保存着一些回忆；即使我们承认我们现在不是先知与诗人那些美丽的完人，而且甚至于看都没有看见过；也承认某些人类的智慧的来源，在我们这里几乎是没有，也没有人知道；即使我们承认，如果有人告诉我们说：我们生活着的社会中每一个人都应当迎接忘形的情境，或是一种圣灵的启发，应当和心灵的世界交通，提高他日常的行为——我们简直不愿听这样的话。即使我们不能不承认以上的这一切，然而我想听众中，没有一个人会否认我们应当在我们中间树立各种风纪和途径使我们可以得到指导，可以较清晰地与心灵的世界交接。更进一步来说，我不想掩藏我的一个希望——我希望听众中每一个人都觉得内心的感召，觉得他应当丢开一切邪恶的习惯，怯懦与限制，应当站在自己的岗位上做一个自由的、有用的人，做一个改革者，一个造福人群的人；不甘心像一个仆役或是间谍一样在这世界里溜过去，全靠他的机警和道歉来尽量地逃避坎坷——而要做一个勇敢正直的人，他必须找出或是辟出一条直路，通到世界上一切最好的东西那里，不但自己正大光明地走了去，而且使一切跟随他的人都易于正大光明地走了去，得到益处。

在世界史里，革新的教旨从来没有像现在这样范围广大。路德教徒，赫恩赫特教徒 [1]，耶稣会会徒，僧侣，桂格教徒，诺克斯 [2]，威斯莱 [3]，斯威登堡，边生姆 [4]，他们虽然控诉社会，都还敬重某些东西——教会或是国家，文学或历史，家庭习俗，镇市，餐桌，钱币。但是现在这一切与其他的一切全都听到了世界末日的号角，都需要奔上去听候裁判——基督教，法律，商业，学校，农场，实验室，没有一个王国，城市，法律，仪式，职业，男人或女人，没一个不是被这新精神所威胁着。

攻击我们的制度的种种抗议，有些也许是极端的，空想的性质，而有些改革者是倾向于理想主义。但是这又有什么关系呢？这仅只表示恶习为害之烈，以至于将心灵赶到相反的极端。当虚妄太多，使事实与人物变成空幻的时候，学者就逃避到观念的世界中，企图用那泉源来滋补、充实大自然。一旦各种观念在社会上重新树立它们合法的权威，人生变成美丽的，诗意的，学者们就会欣然地做恋人，公民，与慈善家。

建立在别的基础上的古老的国家，千百年的法律，一百个城市的产业与制度，不能保障不受到新思想的侵袭。革新的魔鬼有一个秘密的门通到每一个制定法律者的心里，每一个城市每一个居民的心里。一个新思想新希望在你胸中诞生了，你由这件事实上就该知道，在同一个时辰里有一种新的光，照进一千个人的心里。你愿意保持这秘密——但是，你一到外面去，哪！那里就有一个人站在门口的台阶上告诉你同样的话。即使是最饱经风霜，磨练得非常敏锐，专门会弄钱的人，一听见由新思想唤起的一个问题，没有一个不畏缩，颤抖——几乎使你惊愕得呆住了。我们以为他总有一些似是而非的理由为自己辩护，至少像他这样的人总该是很难屈服的；然而他颤抖，逃走了。然后学者说，"城市与马车再也吓不倒我了；因为你看，我每一个梦想都迅速地完成了。我有过那么一个幻想，还迟疑着没有说出口来，因为怕你见笑——现在那捎客，那律师，那市场上的人全在说着同样的话。我如果多等一天再说出来，我就太晚了。看哪，斯泰特街也在那里思想着，华尔街也在那里怀疑，并且开始预言了。"

只要想一想善良的年青人前途充塞着多少实际的障碍，我们见到社会的内层到处都在检讨恶习，就不会觉得惊奇。年青的人踏进人生的时候就发现，要找赚钱的职业那条路，被各种恶习堵死了。经商的方法演变到自私得迹近偷窃，巴结得迹近欺诈（甚至超过了欺诈的程度）。商务的运用，并不是在本质上不适于人，或者是有碍于人天赋能力的发展；但是现在它们在一般的进行过程中，都被大家心照不宣的玩忽和积习所污损了，以致我们不能够期望一个年青人有那么多的精力与机智在这种局面下匡正自己；他淹没在这里面；他在这里面无以自拔。他有天才与美德？他更加发现他不适于在这环境内生长，如果他要在这环境里发达，他必须牺牲一切幼年与青年时代的光明的梦想，当它们是梦想；他必须忘记他童年的祈祷，套上马缰，从此就羁绊在例行公事与逢迎谄媚中。如果他不愿意这样，那就没有别的办法，只有重新开天辟地——为了得到食物，将铲刀搁到土地里的人，也就是重新开天辟地。当然，在这控诉里，我们全部株连在内；只要问寥寥几句话，问起商品怎样从生长它们的田地里来到我们家里，我们就发觉我们吃的喝的穿的都是欺诈罪，伪证罪，以一百种货品的形式出现。有多少件日用品是西印度群岛供给我们的；但是据说，在那些西班牙属的岛屿上，政府官吏的唯利是图已经成了惯例，运到我们船上来的物品，没有一件不是被欺诈罪玷污了的。在那些西班牙属的岛屿上，美国人的每一个经纪人或是代理人，除非他是一个领事，都需要宣誓他是天主教徒，或是找一个神父替他声明。主张废除黑奴的人已经指出给我们看，我们多么亏待了南部的黑人。在古巴岛，除了奴隶制度通常的恶事之外，似乎那些蔗园里只买男人，这些苦痛的独身汉之间，每年十个里面死去一个，给我们产糖。至于我们海关上怎样审查人们的宣誓，我把这事留给熟悉内情的人去细想；我不预备查究压迫水手的情形；我不预备窥探我们零售商业的习俗。我认为只是这件事实就够了：我们的商业一般的制度（比较黑暗的习性除外——我希望那些是一切有声誉的人都谴责，都不参与的例外）是一种自私的制度；不是被人性的高尚情操所指挥的；不是用互惠的正确定律来衡量的，更不是用仁爱和英雄气概来衡量，而是用一种猜疑，隐藏，极为锐利，不是赠予而是占便宜的制度。这一类的事不是一个人愿意向一个高尚的朋友公开的；一个人在恋爱的时候，立志向上的时候，决不会喜悦地，自满地默想着这一切；在这种时候他却会把这些事情丢在脑后，只显示那光辉灿烂的后果，用他花钱的方式替他赚钱的方式赎罪。我不谴责商人与生产者。我们的商业的罪恶不属于任何阶级，任何一个人。一个人采摘，一个人分配，一个人吃。每个人都参与，每个人都忏悔——脱下帽子跪下来，自动地忏悔，然而没有一个人觉得他应当负责。他没有创造这恶习；他无法改善它。他是什么东西？不过是一个没没无闻的私人身份的人，他必须赚钱糊口。这就是这罪恶：没有一个人觉得他应当以"人"的身份来做事，而只是人的一小部份。因此一切天真的人——他们觉得内心有一种高尚的目标，不可抑制地向上奋斗着；他们天性的定律使他们天真地行动——这种人发现这些经商的方法于他们不适宜，他们放弃商业。这一类的例子每年都在增加。

但是你放弃商业，也还是没有替自己洗刷干净。人类一切赚钱的职业与生意中都有那罪恶的踪迹。每一种行业都有它不正当的地方。在每种行业里，一个人有了个敏感的，非常聪慧的良心，就没有成功的资格。每一个行业都要求干这一行的人视若无睹，衣冠楚楚，顺应环境，随波逐流，完全泯灭了慷慨与仁爱的情操，妥协了私人意见与崇高的德行。不，更甚于此——这邪恶的习俗伸展到整个的财产制度里，到了这样一个地步，以致我们制定保护财产的法律，出发点似乎不是仁爱与理智，而是自私。假如有一个人不幸天生是一个圣人，观察力很敏锐，但是具有一个天使的良心与仁爱，而他需要在这世界上谋生；他发现他自己被摈斥在一切赚钱的职业之外；他没有田地，也无法得到田地；因为要赚到够买田的钱，必须专心一志赚钱，换句话说，就是把自己典押给人家，押个几年，而对于他，当前的时间是和任何未来的时间一样地神圣不可侵犯的。当然，只要有另一个人没有田地，我对我的田地的所有权，你对你的田地的所有权，都是有污点的。虽然这罪恶似乎已经蔓延到无法解救的地步，我们由于建立种种关系，由于妻子与小孩，由于特殊利益与债务，却将自己牵涉在里面，越陷越深。

诸如此类的考虑，促使许多慈善的才智的人士注意到这一点：主张将体力劳动作为每一个青年的教育中的一部份。上一代累积的财富沾上了这种色彩——不论留下多少给我们——我们必须开始考虑，如果我们放弃这宗财富，使我们自己与泥土和大自然发生基本的关系，戒绝一切不诚实不清洁的事物，我们每一个人都勇敢地用自己的手，在这世界的体力劳动中尽自己的一份责任——这种态度是否比较高尚？

但是有人说："什么！你要把分工制度莫大的益处全都放弃了，叫每一个人制造他自己的鞋子，橱柜，小刀，货车，帆与针？这等于使人类自动地回到野蛮时代。"我看不会立刻就有一个道德的革命；但假使有一种改革，即使我们或许会因那种改革而丧失社会上的某些享受或是便利，只要起因是由于我们相信我们务农比较容易完成我们做人的主要责任，那我承认我也不会觉得苦恼。谁不愿意看见高尚的良心与较纯洁的志趣对于选择职业的青年发生一种合理的影响，减少商业，法律，政治工作竞争的人数？我们很容易看出，那不便之处只会短时期地存在。这将是伟大的作为，伟大的作为永远能够唤醒众人。等到许多人都做过了这件事，等到大多数人都承认了这一切制度都需要改革，就会矫正他们的流弊，并且会重新辟出一条路来，获得分工制下兴起的种种利益，一个人又可以选择最适于他特殊的天资的职业，用不着妥协。

现在这时代特别注意"社会上的体力劳动应由一切人员分担"

的学说；但是，除了因为现在特别注重这学说，也还有别的原因（对每一个人都适用），为什么他不应当失去了体力劳动的权利。体力劳动的功用是永远不会过时的，而且可以应用在每一个人身上。一个人为了自身的修养，应当有一个农场或是学一种机械手艺。我们较高的才艺，我们细致的娱乐——诗与哲学——必须以我们双手的劳作为基础。我们一切心灵的功能，必定要在这强暴的世界里有一种敌对的力量，否则它们就不会生出来。体力劳动是对于外界的研究。发财的人感觉到财富的好处，承继的人并不觉到。我拿着一把铲刀走到花园里，掘出一个花床，那时候我觉得那样兴奋，健康，我发现我简直一向都在欺骗自己，剥削自己——让别人替我做我应当自己亲手做的事。而这工作不但使人健康，而且有教育意义。我只要每隔三个月签一张支票给某某商人，就得到不知多少糖、玉米、棉花、木桶、磁器、与信纸；我要生活得舒适，这许多远方的产物对于我都是不可少的；大自然使我需要它们，是故意要我工作，运用我的功能——难道我签支票的动作给我的种种功能足够的运动？是那个商人自己，和他的脚夫，经纪，制商；是水手、运商、屠夫、黑人、猎人、与种植的人，是他们截取了糖中的糖，棉花里的棉花。他们得到了教育，我只得到那货品。如果我是因为不得已而不在场，忙着做自己的工作，也像他们的工作一样，运用着同样的功能，那就没有关系；那我就可以信任我的手和脚；但是现在我觉得有些愧对我的樵夫，我的农夫，与我的厨子，因为他们有某种自给自足的性质，没有我的帮助他们也可以设法过一天，过一年，但是我依靠他们；我没有权利因运用而赢得长着手臂和脚的权利。

让我们考虑第一个拥有财产的人与第二个之间的分别。每一种产业都有被它特有的敌人所侵害的可能，例如铁要生锈；木材要腐烂；布被飞蛾蛀坏；食物生霉，腐臭，或是生虫；金钱被贼偷；果园被昆虫破坏；栽种了的田地要生野草，被家畜践踏；家畜要遇到饥馑；道路被雨和霜侵蚀；桥樑被洪水冲坏。无论谁占有上列的任何几项东西，就需要负起责任保卫它们，抵制它们成群结队的敌人，或是保养它们。一个人如果供给他自己的需要，造一只筏或是一只船去打鱼，很容易就可以把船上的漏缝填塞起来，或是装上一只桨脚栓，或是修补那舵。他随自己的需要，取得自己所用的东西，所以这些东西不会使他感觉为难，也不至于为了照应它们使他夜间失眠。但是到了一个时候，他要把他一年年聚集的一切物品作为一笔财产，传给他的儿子——房屋、果园、耕地、家畜、桥樑、五金器具、木器、地毯、布匹、食物、书籍、金钱——而他收集这些物品的技能与经验，以及它们在他自己生活里占有的秩序与地位，他却无法传给他儿子，于是那儿子非常忙碌——不是忙着使用这东西，而是照管它们，保护它们，抵制它们天然的敌人。它们不是他的工具，而是他的主人。它们的敌人决不肯放松一步；铁锈、霉斑、毒虫、雨、太阳、洪水、火，个个掠夺各自的俘虏，使他充满了烦恼，他由主人变成了一个看守人或是一条看家狗，看守着这些旧的新的产业。改变得多么厉害！那父亲从前有一种熟练的兴致，感觉到他自身里面有权威与丰富的机智，他又有健壮的历练的双手，锐利的历练的眼睛，灵活的身体，又有一颗伟大的有力的心；大自然爱他，怕他，雪与雨，水与陆地，兽与鱼仿佛全都认识他，伺候他——而现在这里有一个孱弱的，被保护的人，四周环绕着墙壁，帘幕，火炉与鸭绒的床，马车，男仆女仆，使他不与天地接触，他自幼的教养使他倚赖这一切，凡是可以危及这些产业的东西都使他忧虑，他不得不花费极多的时间去守护它们，竟使他忘了它们原来的用处，那就是：帮他达到他的目的——进行他的恋爱，帮助他的朋友，崇拜他的上帝，扩大他的知识，为他的国家服务，尽量发挥他的情操；于是他现在成为所谓"富人"——成为他的财富的仆役。

所以事实是这样的：历史的全部利害关系都在穷人的命运上。学识、道德、权能，是人克服了他的穷困的胜利品，是人向控制全世界的进军。每一个人都应当有一个机会，为他自己征服这世界。我们只对这种人感到兴趣，斯巴达人、罗马人、撒拉逊人 [5]、英国人、美国人，他们有被穷困所吞噬的危险，而用他们自己的智与力将自己解救出来，使"人"成为胜利者。

我不想夸张这种劳动的学说；我绝对不会教每一个人都做一个编纂辞典的人，同样地，我也不会坚持每一个人都应当做一个农夫。大体上说来，务农是最早，最普遍的职业；一个人还没有发现自己比较适合于哪一种工作的时候，也许还是务农的好。但是农场只给我们这一个教训：每一个人都应当与这世界上的劳作保持着基本关系；应当自己做工，即使他刚巧口袋里有一只钱囊，或是他自幼学习的是某种不名誉的有害的职业，他也不应该让这些偶然性的事件离间他这种责任；为了这理由：劳动是上帝的教育；每一个人是真诚地学习着的人，只有学到了劳动的秘密，用真正的机智把大自然的江山夺过来的人，才能够成为主人。

我也不预备塞起耳朵来，不听那些神学家，法学家，医士，诗人，祭司，立法者，与一般的读书人的申辩——他们说：在他们这一类人共有的经验里，足够养活一家人的体力劳动使一个人不复适于智力活动，使他没有资格从事于智力活动。我知道往往如果有一个人本质非常好，善于吟诗悟哲，这人就不得不殷勤侍候着他的思想；为了要增加某一天的价值，使它充满了光荣，他需要浪费好几天的时间；适度的细致的运动，例如在田野中漫步、划船、溜冰、打猎，比农人与匠人纯粹的苦工，对他有较好的教育。我决不会全然忘记那埃及秘传的至理名言，它说，"人有两双眼睛，上面这双眼睛在观看的时候，下面的一双必须闭起来；上面这双闭起来的时候，下面这双就必须张开。"然而我要建议：一个先知如果与劳动隔离，他多少总会损失一些威力与真理；我们的文学与哲学的错误与罪恶，它们过分的精致，优柔，忧郁，无疑的全都可以归罪于文艺者群的伤了元气的病态的习惯。宁可一本书不要这样好，而写书的人比较好，比较有能力，不要像现在这样——作者往往和他所写的一切，成为可笑的对照。

但是我们假定说：为了要达到这样神圣而亲切的目标，必须要稍微有点休息的时间；我想一个人如果觉得自己强烈地倾向于诗歌，艺术，沉思的生活，被这些事物吸引着，专心一志，使他不能同时好好地从事于耕种工作，这人就该早早自己打算着，得要尊重这宇宙内抵偿的法则，就该养成一种坚苦贫困的生活习惯，从经济的负担里替自己赎出身来。他的特权是这样稀有的，庄严的，他应当不吝于付出一笔重税。他应当在僧寺存身，做一个穷人，如果必须的话，还要做一个独身者。他应当学会站着吃饭，学会领略清水与黑面包的滋味。让别人去管理家务，享受那昂贵的设备，大规模地款待宾客，拥有各种艺术品。他应当觉得天才就是一种款待；他应当觉得，能够创造艺术品的人不必收集艺术品。他必须偏处斗室，按捺自己的欲望，预先警告自己，预先将自己武装起来，抵制天才常遇到的一种不幸——享乐的爱好。这是天才的悲剧——他尝试着沿着太阳的轨道赶马车，套着一匹天马，一匹地上的马，结果只有不协调，车辆与赶车的人一同倾覆，毁灭。

每一个人都应当立下他自己的誓愿，应当责问社会制度，检查它们对他是否合适——这是每一个人的责任；倘若我们将我们的生活方式验看一下，这责任更增加了重要性。我们的家务是否神圣的，可尊敬的？它是否将我们提高，予以灵感，还是一种牵累，使我们成为残废？我家庭里每一部份，每一种作用，我在社会上的一切职务，我的经济，我的宴会，我的选举，我的交际，全都应当于我有益，使我坚强起来。然而这一切几乎全然与我无关。风俗习惯代我做这些事，不给我任何权力，并且还迫使我负债。我们将我们的收入花费在油漆、纸张，我说不上来的无数琐碎东西上，而不是花费在一个"人"的东西上。我们的消费几乎完全是为了服从习俗。我们为了糕饼而负债；价钱昂贵的并不是智力，不是心，不是美，不是信仰。为什么一个人要富有？为什么他一定要有马匹，精致的衣服，漂亮的住宅，到公众场所与娱乐场所去的权利？只因为缺少思想。你给他的心灵一个新的形象，他就会逃遁到一个寂寞的花园或是阁楼上去享受它，这梦想使他那样富有，即使给他一州做为采邑，也还抵不过它。但是我们最初是因为没有思想，所以才发现我们没有钱。我们最初是因为耽溺于肉欲，所以才觉得一定要有钱。我们不敢专恃我们的风趣来使我们的朋友觉得我们家里很愉快，所以我们买冰淇淋。他用惯了地毯，而我们感召不够，不能使他在我们家里的时候忘却地毯这样物件，所以我们把地上铺上许多地毯。我们应当使这房屋成为拉塞戴门[6]的复仇女神的庙宇，对于一切都是可畏的，神圣的，除了斯巴达人，谁都不许进来，甚至于不许看。一旦我们有了信心，一旦有人附和我们，那就只有奴隶才要糖果和软垫。花费金钱的方式将是各人独出心裁的，英雄气概的，我们要吃粗劣的食物，睡硬的床，我们要像古代的罗马人一样，住在狭小的房屋里，而我们公众的建筑也像他们的一样，配得上它们在风景中占据的比例，配得上交谈，配得上艺术，音乐，敬拜上帝。面对伟大的目标的时候，我们是豪阔的；只有面对自私的目标的时候是贫穷的。

那么，怎样补救这些缺欠？一个只学会了艺术的人，怎么能够诚实地取得人生的一切衣食住行的便利？要不要我说老实话？——也许用他自己的手。假定他不善于采集，制造——然而他也已经得到了内中的教训。如果他连这一点也做不到呢？那么他也许可以不用这些东西。此中有极大的智慧与财富。与其出太高的代价得到一件东西，还是不要的好。我们需要知道节约的意义。如果我们节约是为了一种伟大的目的，或是由于爱好简朴，或是为了自由，为了爱，为了信仰，那么节约是一种高尚的人道的任务，一种圣礼。我们在许多人家看到的节俭是出于卑鄙的动机，那么节俭最好掩藏起来不要被人看见。今天吃烤玉米，使我星期日能够吃烤鸡，这是卑鄙的；但是吃烤玉米，住一座里外只有一间的房屋，使我能够免除一切烦忧，使我能够平静驯良地听从心灵的指示，随时准备着执行求知或联谊的使命，这是天神和英雄的节约。

我们是否不能够学会自助么？社会上充满了虚弱的人，不断的召唤别人来侍奉他们。他们在各处都为了他们个人的舒适而筹谋，用尽我们迄今发明出来的一切享受的工具，器物。沙发，软墩，火炉，酒，猎获的鸟，香料，香水，驰骋，剧场，娱乐——这一切他们都想要，他们都需要，而且在这一切之外无论什么别的，只要你想得出，他们都渴望着，仿佛它是食物，使他们不至于挨饿；他们如果错过了其中任何一件什么，他们就像是世界上最被亏待的、最苦的人。一个人必须是生下来就和他们在一起，才会知道怎样为他们博学的肠胃预备一顿饭。同时他们决不肯动一动，为别人服务；他们不是那种人！他们要给自己做的事太多了，绝对不可能做完；他们也从来不觉得他们的生活是一个残酷的笑话；而他们变得越可憎，他们抱怨与渴想的声调越尖锐。倘若我们只需要很少的东西，并且自己供给自己的需要，好留下些许给别人，而并不永远是迅速地抢夺着——有比这更高雅的事吗？自己供给自己的需要，比豪阔的享受更为高雅；也许现在有少数人认为是不高雅，但是永久地在一切人看来是高雅的。

我并不提倡荒诞可笑的迂腐的改革。我并不想对我四周的一般情形批评得太过分，使我不能不自杀，或是与文明社会的一切利益完全隔离起来。如果我们突然坚决地说：我若是不能确定一样食物或衣料是来历清白的，我决不吃它喝它穿它；我决不与任何人来往，除非他整个的生活方式是纯洁的，合理的——那我们只好站住不动。谁的生活方式是完全无罪的，合理的？我的并不是；你的也不是；他的也不是。但是我想我们必须为自己剖白，每个人都得回答这问句：我们有没有将自己的精力真挚地献予公众的福利，赚来我们今天的食物？同时我们必须不断地从事于矫正那些昭彰的过失，每天摆正一块石头。

但是现在开始激动社会的那种思想，范围很广，不限于我们的日常工作，我们的家庭，与财产制度。我们需要修正我们的社会构造的全部，国家，学校，宗教，婚姻，商业，科学，在我们自己的天性中发掘它们的基础；我们要使这世界不但适合过去的人，而且适合我们；每一种习俗，如果它没有在我们自己的心灵里扎根，都必须扫除掉。一个人是为什么而生的？不过是做一个改革者，将人所造成的东西重新创造过，否认谎言，恢复真理与善，模仿那拥抱一切的大自然，它是从不在它悠远的过去上停留片刻，而是时时矫正它自己，每一个早晨都给我们一个新的日子，在每一个脉搏里都给我们一个新生命。他应当否认一切他认为不真实的东西；应当将他的一切行为都追溯到它们原来的命意里；应当不做一件不是为全世界着想的事。即使我们因为已经使自己变得这样衰弱，残废，以致可能遇到阻碍与所谓"毁灭"；然而，为了要将日常的行为与神圣的神秘的生命深处重新联系起来，因之而遭灭顶，那是像在馥郁的馨香中悠然地死去一样。

一切对于改革方面的努力，都有一种力量作为它的发条，同时也是它的调整器——这力量就是一种信念：相信人性中有一种无限的美德，可以应命运而生，相信一切个别的改革全都是移去某种障碍。我们最高的责任岂不是在自己身上保持"人"的尊严？我不应当让任何大地主在我面前觉得他是富有的。我应当使他觉得我没有他那些财产也过得很好，觉得我不能被他收买——用舒适也买不到我，用自傲也买不到我——我即使是完全赤贫，从他手里接过食物来，也要使他觉得他和我比起来也还是个穷人。如果同时有一个女人或小孩发现一种虔诚的情操，或是一种比我更公正的思想，即使它将我整个的生活方式都改变了，我也应当以敬重与服从来表现我的钦佩。

美国人有许多美德，但是他们没有信心与希望。我不知道还有哪两个名词比这更是失去了意义。我们使用这两个名词，就仿佛它们和"赛拉"与"阿门"一样的陈腐。然而它们有极广阔的意义，可以极确实地适用于今年的波士顿城。美国人很少信心。

他们倚赖金元的能力；感情丰富的言语他们完全听不进去。他们认为要提高社会，就像是要说服北风使它不要吹——不见得比后者更容易；而没有一个阶级比学者或是智识阶级更没有信心。我如果和一个真挚的智慧的人谈话，而他是对我友善的，或是我和一个诗人谈话，和一个有良心的青年谈话——他年纪轻，仍旧被自己野性的思想支配着，还没有套上笼头，成为社会的马匹，和我们一同拖着马车在习俗相沿的沟道里奔走——我立刻可以看出现在这一代缺少信心的人是多么鄙陋，他们的制度多么靠不住，等于纸牌搭的房子，我也可以想像一个勇敢的人和一个伟大的思想实施以后可能有多大影响。我看出那讲求实际的人不信任一切理论，是因为他不能够洞察我们工作的时候使用的工具。"看哪，"他说，"看这些器具，你要用它们创造你们那世界。我们用最好的木匠或工程师的工具，加上化学家的实验室与铁匠的熔炉，也无法制造一颗行星，上面有空气，河流与树林——同样地，我们也可能用愚蠢，病态，自私的男女（我们知道他们是愚蠢，病态，自私的）来制造你们唠叨地说个不完的天堂似的社会。"但是有信心的人不但认为他的天堂是可能的，而且已经开始存在了——组成那社会的人不是被政治家操纵的人与材料，而是被正义将他们美化，提高了的人们。在正义的面前，可能另有一种力量，超过一切权宜的力量。

在这世界的历史里，每一个伟大的有威力的时代的产生，都是由于某一种热诚得到了胜利。在穆罕默德之后的阿拉伯人的胜利就是一个例子。他们在寥寥几年内，从一个微末的卑贱的开端，建立了一个比罗马帝国更大的帝国。他们做出这样大事，而自己都不知道自己在干些什么。峨玛王 [7] 的手杖，看见它的人比看见别人的刀还害怕。他的食物是大麦制的面包；他的调味品是盐；他常有时候为了斋戒，吃面包不搁盐。他的饮料是水。他的宫殿是泥土筑成的；他离开麦蒂那，去征服耶路撒冷的时候，骑着一匹红骆驼，鞍上悬着一只木制的碟子，还有一瓶水与两只口袋，一只装着大麦，另一只装着风干的果子。

但是在我们的政治上，我们的生活方式上，博爱的情操不久就要渐露曙光，比那阿拉伯人的信仰更为高尚，这是唯一的补救一切邪恶的良药，大自然的万应仙方。我们必须要爱别人，而那不可能的事情马上变成可能的。我们的时代与历史，这几千年来，不是仁爱的历史，而是自私的历史。我们相互不信任的代价非常昂贵。我们花费在法庭与监狱上的钱是非常不值得的。我们因为不信任别人，所以造成了那窃贼，那强盗，那放火的人，然后我们用我们的法庭与监狱来使他们终身做贼，做强盗，做放火的人。一切的基督教国家如果都接受博爱的情操，只要几个月的工夫，就可以使那罪犯与无赖汉流着泪到我们这里来，贡献他们的能力为我们服务。你看这些劳动男女的广阔社会，我们让他们伺候我们，我们不和他们同住，在街上遇见他们的时候甚至于也不招呼。他们如果有才能，我们也不理会；他们运气好，我们也不感觉喜悦；我们也不培养他们的希望，也不在人民的集会里投其所好。所以自从这世界奠定基础以后，我们就扮演着那自私的贵族与国王的角色。你看，这棵树永远结出同一个果子。在每一个家庭里，佣仆的恶意，机诈，懒惰，离间，毒害了一对夫妇间的和平。任何两个主妇碰到一起，你观察她们的对话多么快地就转入这个话题：她们的佣人引起的麻烦。在一群劳动者之间，一个富人总觉得空气不大友善——而在投票处他们排列起来成为一个明显的集团，与他对抗。我们抱怨说群众的政治是被有野心的人操纵着，为了他们自己的利益，领导群众与公理及公共福利为敌。但是人民并不愿意要愚昧卑鄙的人做他们的代表，或是统治他们。他们选举这些人，仅只因为这些人用仁慈的声音与外表来请求他们的支援；他们不会长期地选举他们的，他们宁愿要机智的正直的人——这是必然的。借用一个埃及的比喻，他们不愿意长期地"抬高野兽的爪甲，揿低圣鸟的头。"如果我们的爱情流向我们的友伴，它能够在一天之内发动最伟大的革命。你要整顿那些制度，用太阳比用风好。国家应当顾到穷人，所有的声音都该为他说话。每一个小孩一生下来，都应当有一个公平的机会可以有饭吃。我们改善那些关于财产的法律，应当是出于富人的让步，而不是由于穷人的抢夺。我们开始的时候可以养成一种习惯，总把东西分给别人。我们要瞭解，公正的规则是：没有一个人该拿得比他的一份更多，无论他多么富有。我须要感觉到我应当爱别人。我为了自己的益处，需要使这世界变得好些，而这件事情本身应当就是我的报酬。仁爱会给这疲乏的老世界换上一副新的面容；在这世界上，我们像异教徒与仇敌一样地生活得太久了；政治家的手腕是毫无益处，陆军与海军，与防线都是无用的，这一切都将要作废，由仁爱——这手无寸铁的小孩——来代替，使人看了心里温暖起来。仁爱不能够走进去的地方，它能够爬进去，它能够在人不知不觉中做成这件事——因为它是它自己的杠杆，支柱与力量——暴力是决做不到的。你没看见过么，在树林里，在一个深秋的早晨，一朵可怜的菌或蘑菇——这种植物是一点也不坚实的，不，简直看着像一团粉糊或是冻子——它专靠它那不停的推挤，柔和得不能想像的推挤，竟能够打出一条路来，穿过那凝着霜的土地，而且真的头上顶起一块坚硬的地壳。这是仁爱的力量的象征。这条原理在人类社会里能够应用到极大的利害关系上，然而它那效力现在是被认为过时了，被忘怀了。在历史上有一两次，在著名的实例里，它曾经被试用过，得到显著的成效。我们这庞大的，蔓延过度的，而现在是名存实亡的基督教界，至少仍旧纪念耶稣的名字，而他是一个爱全人类的人。但是有一天一切人都要爱全人类；每一种灾祸都将要消融在普照的阳光里。

你肯不肯让我在这"人——天生是改革者"的画像上再添一笔？一个人要使心灵的世界与现实的世界协调，就应当有一种伟大的，有先见的深谋远虑。一个阿拉伯人这样描写他的英雄：

在冬季里，
他是阳光；
而在仲夏，
他是阴凉。

一个人如果要帮助他自己，帮助别人，他就不应当被不规则的，间断的为善的行动所支配，而应当做一个有自制力的，持久的，不可动摇的人——我们曾经看见过这样的人，有这么几个，散布在上下几千年里，降福于世界；这样的人，他们天性里有一种沉着的性质，相等于磨坊里的飞轮，将动作平均分布到一切轮盘上，不让它失去调节，而发生破坏性的震荡。快乐应该摊开来，罩满整个的一天，或为一种力量，而不要集中起来成为狂喜，充满了危险，而且随后就有反应作用。有一种崇高的审慎，那是我们所知道的人性中最高的一种；它相信一个庞大的未来——确信将来的比眼见的要多得多——永远认为整个的生命比目前一刻更重要，禀赋比才干重要，人格比结果重要。正如商人欣然地从他的收入里取出钱来，加到他的资本里，伟大的人也非常愿意丧失个别的能力与才干，使他能够在提高他的生命力方面进益。心灵的知觉一旦开放，人们就永远愿意作更大的牺牲，放弃他们显著的才能，以及最能帮助他们获得目前的成功的工具与技巧，还有他们的权力与他们的声誉——将一切都丢在脑后，因为他们渴望与神灵交通，永远没有满足的时候。有一种更纯洁的声名，有一种更伟大的能力，作为这牺牲的酬报。这是我们的收获又化为种子。正如农民将他最好的稻穗种到地里去，将来有一个时候，我们也不吝惜任何东西，而会热心地将我们现在所有的一切——甚至于比这更多的——都换成工具与能力，那时候我们情愿将太阳与月亮也当作种子播种。

〔注释〕

[1] Herrnhutters，摩拉维亚教徒派之一，于一七二二年受迫害时期移殖德国赫恩赫特，故名。

[2] John Knox（1505－1572），苏格兰人，宗教改革者，著有《苏格兰改革史》（*History of the Reform in Scotland*）。

[3] John Wesley（1703－1791），英国教士，监理会（即美以美会）之始创者。

[4] Jeremy Bentham（1748－1833），英国哲学家及法学家。

[5] Saracens，中世纪欧洲人对信奉回教的阿拉伯人的称呼。

[6] Lacedaemon，即斯巴达。

[7] Caliph Omar（581－644），回教第二代教主，曾征服耶路撒冷，后遇刺。

三　保守党

（一八四一年十二月九日在波士顿共济会〔Masonic Temple〕发表的演说）

将一个国家分为两部的这两种政党——保守党与革新党——都是非常古老的，自从开天辟地以来就争论着这世界是属于谁的。这场吵闹是一切国家人民史的主旨。保守党建立了远古的世界里最可尊敬的政治体系与君主政体。贵族与平民之间的斗争，祖国与殖民地之间，旧的习俗与适应新事实之间，富人与穷人之间的斗争，在一切国土与时代里不停地重新出现。这战争不但在战场上进行，在国会与宗教会议里进行，而且时时刻刻扰乱每一个人的心胸，争一日之短长。同时那古老的世界继续滚动着，这两党此起彼伏，战斗依然一如当初的进行着，用着新的名义与激烈的人物。

这样一种无法和解的对立，当然一定是在人性里也有一种相等的根深柢固的来源。它是过去与未来的对抗，回忆与希望，了解与理智的对抗。它是最原始的对立，在琐事中表现出来的天性中的两极。

有一个古老寓言的片断，不知道它怎样被人从流行的神话里删削掉了；它仿佛与这题目有关，也许值得注意。

萨腾神（Saturn）觉得厌倦了，独自坐在那里，只有那伟大的尤雷纳斯神（Uranus）在那里看着他，此外什么人都没有。于是他创造了一只牡蛎。然后他想再做点事情，但是他没有再制造什么，而继续制造牡蛎的种族。然后尤雷纳斯叫喊着，"呵，萨腾，来一个新的作品！老的不好了。"

萨腾回答说，"我害怕。不但有制造与不制造这两条路可以选择，还有破坏。你看见这大海吧，看它怎样涨潮退潮；我也是这样；我的能力减退了；如果我伸出手去，我并不制造，却会破坏。所以我做我曾经做过的事；我保住我已有的东西；我用这方法来抵抗黑暗与混乱。"

"呵，萨腾，"尤雷纳斯回答，"你必须再多制造些，才能够保住你自己的东西。你的牡蛎就像螺蛳与蚌壳，下次潮来的时候它们将要变成石子与海水的泡沫。"

"我明白了，"萨腾这样答覆，"你是黑暗的同党，你成了一只毒眼，被你看一看就有灾难；你从前发言是出于友爱；现在你的言语打击我，充满了仇恨。我要向命运呼吁：难道不能够有休息的时候么？"

"我也向命运呼吁，"尤雷纳斯说，"难道不能够有动作么？"

但是萨腾沉默着，继续制造牡蛎，造了一千年。

然后，尤雷纳斯的话像一线阳光似地射入他的心灵，于是他造了天神裘辟忒（Jupiter）；然后他又害怕了；于是大自然冻结了，制造出来的东西住后退；为了拯救这世界，裘辟忒杀了他父亲萨腾。

这可以当作一个保守党与急进党谈论政治的对白的最早的纪录，传到我们这时候。永远是这样的。这是向心力与离心力的反作用。革新是活跃的力；保守主义是停顿在上一个运动上。"现存的东西全是上帝创造的。"保守主义说。"他已经离开那个了，他正在走进这一个。"革新这样答覆着。

保守主义的议论总有一种卑鄙的成分，而参有相当的事实上的优势。它肯定，因为它占有。它的手指抓住事实，而它不肯张开眼睛来看一个更好的事实。保守主义需要护卫的保垒是现实，不管是好是坏。革新思想所计画的是最好的情形，能多么好就多么好。当然保守主义在辩论中总是吃亏的，它永远在道歉，声称这是必须的，声称如果改变一定变得更坏，它必须驮着社会上堆积如山的暴行与罪恶，必须否认善是可能的，否认种种观念，怀疑先知，用石头击毙他；而革新思想是站在对的一面，永远是胜利，永远在进攻，并且确定可以得到最后胜利。保守主义的基础是：人自己承认能力有限。改革的基础是：人分明是前途无量。保守主义的基础是环境，自由主义的基础是力量。前者的目的是制造社会体制内干练的一员；后者却认为和人自身比较起来，一切都属次要。保守主义是文雅的，善于交际的；改革是个人主义的，专横的。我们在春天与夏天是改革者，在秋天与冬天我们拥护古老的东西；在早晨是改革者，在夜里是保守者。改革是肯定的，保守主义是否定的；保守主义企图得到舒适，改革企图得到真理。保守主义比较肯坦白地承认别人的价值；改革比较倾向于支持推进自身的价值。保守主义不作诗，不祈祷，也没有新发明，它完全是回忆。改革不知道感恩，不审慎，不节俭。你的脚向前迈进或是向后退，于你的体态与思想有很大的影响。保守主义永远不向前迈进；一旦它向前迈进了，它就不是法制，而是改革了。保守主义倾向于普遍地注意外表，不忠实，因为它相信一个否定性的命运；它相信人们是被他们的脾气所支配的；相信我自己信任正义是没有用的，正义会辜负我，我必须稍微从权妥协一下；它不信任大自然；它以为有一种通常的定律并不适用于个别的情况——适用于一切人的定律，然而并不适用于任何人。改革则是处于敌对的地位，倾向于愚顽的抵抗，像驴子似的用蹄子踢人；结果流为自大，自命不凡；流为一种没有内容的抱负，流为不自然的精炼与提高，结果成为假道学，与肉欲的反激作用。

因此我们可以肯定地说：一般地说来，这两个抽象的敌人，每一个都是很好的半个东西，但是作为一个整体，却是不通的。每一个人都暴露另一个的弊病，但是在一个真实的社会里，在真实的人性里，两个都需要联合起来。大自然决不将赞许的皇冠——就是"美"加在一件动作，一个典型，或是一个做事的人的头上，除非它把这两种原素合在一起；不是那千年万代抵抗着波浪的岩石，也不是那不住鞭打着岩石的波浪；具有最崇高的美的是那橡树，它站在那里，用它的一百只手臂抵抗着一百年来的风雨，而仍旧像一棵小树一样地每年生长着；或是那条河，永远流动着，而千年万代仍旧在同一个河床里；而最伟大的是那人，在大自然的变迁中已经生活了若干年，却超过了他自己，因此你若是记得他从前是怎样的，再看见他现在的情形，你会说：多么大的进步！多么大的分别！

大自然彻头彻尾是这样的：在每一个生物里，过去与现在都合并在一起。蚌壳上每一条回旋的纹路，每一个结节与棘状的突起物都是这种鱼类多活了一年的标志；在某一个季节内曾经是这蚌壳的嘴，而因为这动物生长着，加上了新的物质，就成了一个装饰性的结节。今年夏天的植物只制造出一些树叶和一层柔软的木壳；但是那坚实的圆柱形的树干——是它把那一层层枝叶举到空中，吸引我们的眼睛，让我们在它的绿荫下乘凉——那树干是死去的埋葬了的岁月赠予我们的，遗传下来的。

在大自然里，既然这两种原素同是永远存在，那么两种学说同是有一种天然的理由支持它们。我们如果站在"必须"的立场上，或是站在"伦理"的立场上，我们还是拥护保守党，还是拥护改革者？如果我们从历史的观点看这世界，我们就会说：现在的时代与情况是一切时代累积的结果；这是迄今掷骰子掷出来的最好的点子，再好是也不可能了。如果我们从"意志"的一方面看来，或是从"道德的情操"方面看来，我们将要控诉"过去"与"现在"，而要求"未来"做那做不到的事情。

这双层事实在真正的天性里这样联合在一起，而且联合得这样紧密，以至于一个人内心里这两种原素如果不是同时工作着，他就不可能继续生存。虽然如此，然而人不是哲学家，而是相当愚笨的儿童，因为他们有偏见，他们用最荒诞可笑的态度观看一切，而且永远被距离最近的物件所欺骗。就连哲学家，也没有一个是经常地是个哲学家。我们的经验与我们的观察都被我们部份地继续不断地吸收进去的所制约，这就是说，每次吸收进去的真理都夹杂着一些虚伪的东西。我们的训练既然永远是用这种方式，我们必须承认这一点，容许人们照他们过去六千年来的方式学习，一次学会一个字；容许人们双双对对组成疯狂的政党，交互学习对方所知道的一点真理，而否认相等数量的真理。因此，在目前，我们要得到一切可能得到的真理，必须要听这两个政党以政党的身份来辩论。

保守党最大的优点，虽然不能够详细地表现出来，却使一切

61

人都感到尊敬；这优点就是必然性。不但有人要问保守党怎样为自己辩护，而且还要问他为什么一定要这样说。有什么无法克服的事实将他束缚在这一边？这事实就是人们称为"命运"的东西，不同程度的可怕的命运，命运后面的命运；我们认"良心"命令我们做这样，做那样，但是仍旧无法摆脱命运，使我们不能不问，人的才力是否会效忠于他，抵抗一切都经验到的事实？因为良心的命令虽然在本质上是绝对的，在历史上却是有限制的。智慧的人并不要求呆板的公正，而是一种有益的公正，那就是说：是有条件的；是人的能力与事物的构造都许可的。那改造者，那党员，他将某种特殊的正当行为推到极端，于是他迷失了自己，以至于他自己的天性与一切人的天性都抗拒他；而智慧的人决不尝试太大的而与他的能力不相称的事，也不尝试不会做的，或是差不多会做的事。我们对于改造，都有一种瞭解或是预感，在我们的心灵里存在着，但是还没有吸收到个性里去；盲目地依凭这一点的人，势必要迷失了自己。他们往这方向做去的一切尝试都会失败，而且带自杀性质地反击到做这事的人的身上。这是超越了大自然的惩罚。因为这存在着的世界并不是一个梦，也不能够将它当作一个梦而不受惩罚的；它也不是一种疾病；它是你站立在上面的土地，它是生你下来的母亲。改造所交接的有各种可能的事物，偶然也有不可能的；但是现在的情况是神圣的事实。这些事实也一度曾经是真理，否则也不会有它；它里面曾经有过生命，否则它也不会存在；它里面现在还有着生命，否则它也不会继续下去。你的计划也许能实行，也许不能；然而这现存的事实是大自然赞同的，与各种自然界的力量都有悠久的友谊与同居的历史，这个将要继续存在，除非骰子掷出更好的点子来。"未来"与"过去"的竞争是正要进来的上帝与正要离去的上帝，二者之间的竞争。我们欢迎你来进行你的试验，如果你能够的话，用你所宣布的那理想的共和国来代替现存的制度，因为只有上帝才能逐出上帝。但是显然地，提出证据的责任应当落在发起人身上。在你能够证实某种更好的意见之前，我们保持我们现在的见解。

财产与法律的制度的来源，可以追溯到野蛮的神圣的时代；它像矿物或是动物的世界一样，是同一个神秘的原因结出的果实。我们天性中有一种情操，一种先入之见，偏爱古老的一切，爱祖先，爱野蛮与原始的习俗；它们本来具有一种必要与神圣的因素，我们是向这种因素致敬。尊敬地方与山川的古老名字，这是非常普遍的。印第安与野蛮的名字倘若更换了，总像损失了一些什么。古人告诉我们说，诸神爱伊西峨比亚人[1]，因为他们的风俗经久不变；埃及人与迦勒底人[2]——他们的来源是查考不出的——希腊与义大利后起的民族将他们当作神圣的国家。

而且现存的社会制度的基础这样深，它把一切人都包括在内，一个也不遗漏。我们也许有偏见，但是命运并没有。一切人都在里面生了根。你尽管不赞成社会的措置——你甚至于情愿扰乱一切人，改造社会，明知也许会丧失现存着的不可否认的善，但是情愿冒这个险，为了要有个机会可以得到更好的东西——然而你生活在这社会里，在这里活动，你整个的人都在里面，所以你的言行都是矛盾的。你不用地面的抵抗力，就不能够从地面上跳跃；不从岸上推一把，也不能将船划到海里去；不拒绝职责，也就无法得到自由——同样地，你必须利用事情的现实情形，方才能够不用它；你必须照它的样子生活，一方面希望能够消灭它的生命。"过去"替你烤熟了面包，它的面包给你长了力气，使你能够打破它的灶。但是你自己的天性背叛了你。你也是保守党员。不论人们乐意称他们自己为什么，我只看见一个保守党。你不但在你的需要上和我们一样，而且在你的方法与目标上也和我们相同。你不赞成我的保守主义，目的却是要造成你自己的保守主义；它的出发点是新的，但是有同样的经过与结局，同样的磨难，同样的热情；热爱新事物的人，我观察到他们对于最新的东西有一种嫉妒，叛教的人认为背叛他的人也和教皇一样地该下地狱。

根据上述的理由，与一般说法类似的理由，保守主义是根深柢固，没有被废除的危险。尤其是它对于个人有一种吸引力，在这一点上，革新者必须承认他的弱点，必须承认没有一个人是够善良的，可以有资格称为正义的战士。但是这伟大的倾向一旦发生实际的冲突，被年青人挑战——对于年青人，它并不是一种抽象的观念，而是饥饿，困苦，没有进取的机会的事实——这时候必定显出它是有害的。当然，年青人生来就是革新者。他站在那里，他新近才生到地球上，他是向整个宇宙乞食的人；我们可以说，一切事物的理由都是袒护他的。他最初考虑到怎样喂饱自己，给自己穿上衣服，使自己暖和，这时候他就在各方面得到警告，说这样那样东西都是有主人的，他必须到别处去。然后他说，"如果我是生在地球上的，我的一份呢？这世界上的绅士们：请你们指点给我看我的小树林，我可以在那里砍木材，我的田地，我可以在那里种谷子，我的愉快的土地，可以在那里造我的小屋。"

"你敢碰一碰任何树林，或是田地，或是造房子的空地，你就要遇到危险了，"这世界上一切的绅士都叫喊着："但是你可以来在我们这里工作，为我们工作，我们会给你一块面包。"

"那危险是什么呢？"

"刀与枪，如果我们当场抓住你；监禁，如果我们事后找到你。"

"谁给了你们这权力，仁慈的绅士们？"

"我们的法律。"

"你们的法律——它是公正的么？"

"反正它对你也和从前对我们一样。我们遵守这条法律为别人工作，这样我们才得到我们的土地。"

"我还要问：你们的法律是公正的么？"

"不是绝对公正的，然而是必须的。而且，它现在比我们诞生的时候公正些了；我们把它改得温和了些，而且比较平等。"

"我不要你们的法律，"那青年回答，"它妨害我。你们的法律有那么许多无用的书，我不能够了解，也没有工夫去读它。大自然已经给了我够多的报酬与严厉的惩罚，阻止我犯罪。我也像古代的波斯贵族，我要求'不命令别人也不服从别人。'我不想加入你那复杂的社会制度。我能够为谁服务就为谁服务，能为我服务的人就为我服务。我要寻找我爱的人，远避我不爱的人；除此之外，你们那些法律还能给我些什么？"

拥护这制度的人，他也是一个有许多美德的人，他以同样的恳切的信实的态度答覆这原告：

"你的反对是愚妄的，而且太微妙了。年青人，我没有那口才和你辩驳，但是你看我；我起早睡晚，诚实地，苦痛地操作了许多年。我从来做梦也没想到什么演绎法，归纳法；我努力操作，我所有的东西都是我做苦工赚来的；不是骗来的，也不是靠运气，而是靠工作；你也需要拿出点证据来给我们看（也像这些铁硬的事实一样），证明你自己的忠实与勤劳，否则我决不会单凭几句漂亮的话，就让你骑着马冲进我的产业里，当它是你自己一样的播种。"

"现在你触及事情的中心点了，"那改革者回答，"我向你那忠实勤劳的品性致敬。我还没有受过考验，我不配责问你的生活方式。但是我必须告诉你我为什么不能走你这条路，否则我这人更是没有价值了。我发现这巨大的网——你所谓产业——展开在整个的地球上。我即使占用某穷山峻岭最荒凉的岩石，也会有一个人或是公司走上前来，向我指出这是他的。我虽然是非常安静和平的人，而且现在既然看上去似乎上帝创造我是一个错误，把我送错到地球上来，这里所有的座位都坐满了，为我自己设想，也很可以死掉——然而为了我们天赋的理性（我代表这理性），我觉得是我的责任，应当向你宣布我的意见：如果这地球是你的，它也是我的。对于我，你们所有的生命聚集在一起，在事实上还不过我自己的生命；我既然生在地球上，这地球也就是给了我的，我所要的一部分是我的，可以用来耕种；我也不能不要求我应得的权利，否则我是卑怯。我不是仅仅有一个姓名就能够活着，我必须生活。我的天才使我建立另一种生活，与你们任何哪一种都两样。因此我不能把整个的世界都让给你们。我只有更爱你。我必须把真理切实地告诉你；然后把你说是你的东西夺过来。这是上帝的世界，也是我的；你要多少，就是你的；我要多少，就是我的。而且，我知道你的脾气；我知道这疾病的征候。一息尚存，你一定要竭力为这欺骗你的谎言服务。你的需要是一个深坑，即使你占有了这广阔的世界，也还填不满它。那边天上太阳，只要你能够，你也想把它摘下来，不复照耀在宇宙间，而使它成为私人的产业；月亮与北斗星你也很快地就会用得着它们，挂在你的便所与寝室里。你不要用的东西，你就渴想用它作为装饰；有些东西并不能够使你更舒适，然而你因为骄傲，却不肯放弃它。"

在另一方面看来，人们为英国的宪法辩护，说它虽然有些大家公认的弊病，例如腐败的自治市邑，垄断专利，然而它很有效用，也不知道它用的是什么方法，反正结果它大体上是公正的；有智慧有价值的人确是选入了议会；每一种行业确是有代表出席——不论他们的当选是凭正义还是势力还是权术。同样地，人们也为现存的一切制度辩护。它们不是最好的；它们不是公正的；而对于你，呵，勇敢的青年！就你个人而言，它们实在是不公平的。它们确实是一亩地也没有留给你，也没有法律，除了我们的法律——而当初制定这法律的时候你并没有参与。但是这些制度确是有用处，它们实在是对好人友善，对坏人仇视；它们援助勤劳的仁慈的人；它们培养天才。它们确是有极大的伸缩性，因之在大体上也给你的才能与个性相当好的表现与成功的机会；一如完全没有法律，没有财产，你所能得到的机会。

你若是说什么也没给你，没有配备，没有补助，你这话是太浅薄了，而且仅仅是执迷不悟；因为在这"信用"制度里——这制度是极普遍的，只要一个人的面相看上去是诚实的，仿佛他前途有希望，往往就有人信任他——一个年青的冒险家，他旁边永远有些人愿意供给他面包、土地、工具、设备。如果他们在任何一方面有些缺点，你看他们做了多少善事作为补偿。他们没有耽搁时间，也没有省钱，收集了图书馆，博物院，美术陈列馆，大学宫殿，医院，天文台，城市。过去的时代并没有偷懒，国王们也没有懒息，富人也没有吝啬。我们唯一的罪名就是：不给你土地所有权——其实那也并不怪我们，我们也是没有办法——现在我们用这祖传的国家的财富作为丰厚的赔款，难道还抵补不了我们那小小的过失？难道你宁愿像个吉普赛人一样，在矮树丛里生下来；宁愿在草莽中自由自在地生活着，在整个地球上漫游着，而地球上连遮蔽太阳与风的草棚和丛林都没有——你宁愿那样，而不要这有高塔有城市的世界？罗马、曼菲斯、君斯坦丁、维也纳、巴黎、伦敦、纽约的世界？那不勒斯、佛劳伦斯、威尼斯，都是你的；美丽的地中海，阳光灿烂的亚德里亚海，都是你的；东印度西印度都向你微笑；北方热诚地招待你，在北极圈下大开着它温暖的宫殿；地面上为了你辟出路来，四通八达；一群群的船只，等于水上宫殿，每一种安全设备，每一种享乐的装置都齐备，用帆或是用蒸气，在这世界上一切的水面上游泳着。为了你，每一个岛屿上都有一个城市；每一个城市里都有一个旅馆。虽然你生下来是没有田地的，你只要勤勉，节俭，向制定的习俗略微谦逊一些，就有几十个仆人挨挨挤挤在每一个陌生的地方向你脱帽，屈膝，听候吩咐；岂止几十个，几百几千，照料你的衣服，伺候你吃饭，打扫你的房间，整理你的书斋，陪伴你消遣；你的每一个狂想都有人先意奉承，每一个国家一切人民里能力最高的人为你服务。国王坐在宝座上，为你治理国家，审判官为你审判；律师为你辩护，农民为你耕种，木匠为你挥动钉锤，邮差为你驰骋。有人保证这些实际上的利益全是属于你的，你却坚持着要人家正式承认你的要求，岂不是将一件小事过分夸张了？现在你的孩子们可以受教育，你的劳动可以使他们得到益处，你死了以后，你的劳动的果实稳是属于他们的。你没有一块数学测量出来的田地，你就说你没有田，这是轻率的见解。天道照应你，总使你有地方住，有人等候你，也给了你使命；一旦你把你的才能使用出来，看你表现得好或坏，你就会得到相等的田地，或是田地的代价——田地，如果你需要田——田地的代价，如果你不愿种田，宁愿绘画，或是雕刻，或是制造皮鞋或车轮。

并且，你认为社会害了你，但是你的愤怒也许会冲淡一些，如果你时刻记得这问句：社会怎样落到这个地步的？是谁将事物安置在这错误的基础上？不是任何一个人，而是一切人。不是任何人自动地，故意地这样做；这是地球上的文明发展到了一个程度必有的结果。一切秩序的好坏，都以人民的品性的好坏为转移。这些秩序，我们可以当它是一种伟大仁慈的进步的必然性所造成的，那种必然性从第一个动物的脉搏初次跳动以来，直到现在最好的国家的高级文化，已经进步到了这一个程度。你应当感谢你那粗野的寄母，她教给你比她自己更大的智慧，使你心里有了许多希望，再下一个时代这些希望就要成为历史了。你自己也是产生于这种生活方式，这丑恶的妥协，这被咒骂的万恶的城市；它曾经慎重地爱护地养大了你，它也曾经养大了许多爱好正义的人与许多诗人，先知，与人类的导师。它是坏到不可救药的么？而且，你只要想到那么些使情况缓和的补救方法，岂不就觉得一切的害处实际上等于不存在？那形式是坏的，但是你是否看见每一个人的个性都向那形式起一种反应，使它变成新的？一个坚强的人使法律与风俗在他自己的意志之前统统变成无效。然后，爱与真理的元素在时髦与富有的人们最最壁垒森严的宫廷里重新出现了。即使是欧美贵族精选的小圈子里最孚众望的人，在他那最华贵的衣服下面，一颗坚强的心必定会为了爱人类，为了不能忍受偶然的区别，为了完成它自己的命运而跳动，使它的一切粉饰都成了可靠的，真实的。

而且还有一层：我们已经指出，没有一个人是纯粹的改革者，同样地我们也许可以说，没有一个人是纯粹的保守党，没有一个人是一生自始至终拥护那些有弊病的制度；尽管一个人板着脸反对每一种新奇的事物，然而你在倾心吐胆的会谈里向他提起这些事来，如果在座的都是些友善的宽大的人，他也有他的慈悲的宽容的一刹那，暂时拥护人道；即使这不过是一个短暂的感情冲动，但是他在单独一个人的时候对于它的回忆，减轻了他的自私与他服从风俗习惯的程度。

柏纳德神父在赛尼山上他的斗室里嗟叹人类的罪恶，有一天早晨，天还没亮，他从他的青苔与干枯的树叶铺成的床上起来，咬啮了他的草根与浆果，喝了泉水，出发到罗马去改革人类的腐败。在路上他遇见许多旅行的人，都很有礼貌地向他招呼，农民的小屋与贵族的堡垒都供给他寥寥几件必需品。当他终于到了罗马的时候，因为他是虔诚慈善的，很容易地就有人把他介绍到许多富人的家庭里去。第一天，他看见一些温柔的母亲抱着婴儿在那里哺乳，他和她们谈话，她们告诉他她们多么爱她们的孩子，每天她们散步的时候总感到困惑，唯恐她们不能够尽到做母亲的责任。"什么！"他说，"这样的心理，而是在富丽的绣花地毯上，在大理石铺的地上，四面都是灵巧的雕刻，雕花的木器，富丽的图画，成堆的书籍？"——"神父，你看看我们的图画与书籍，"她们说，"然后我们来告诉你，我们昨天晚上作了些什么消遣。这些都是故事，关于虔诚的儿童与神圣的家庭，古代与近代伟大的高贵的人物浪漫性的牺牲。昨天晚上我们一家都聚集在一起，我们的丈夫和兄弟们悲哀地谈论着，我们能够在这艰难的时代节省些什么捐助给别人。"此后那些男子进来了，而他们说，"兄弟，你好吗？你的修道院要募款吗？"于是柏纳德神父迅速地回家去了，心里所想的与他来的时候的思想完全不同。他说，"这种生活方式是错误的，然而这些罗马人——我曾经祷告上帝毁灭他们——他们爱人类；他们爱人类；我怎么办呢？"

改革者承认这些缓和情况的成分是存在的，如果他想要舒适的话，他应当站在制度这一边。你的话是非常好，但并不是全部事实。保守主义是阔绰，慷慨的，但是它可以巧妙地用财富来变戏法。我观察到他们每次给人什么，总拿回一些。我看上去个子比较大，其实是比较小；我穿的衣服比较多，但是并不怎么暖和；盔甲比较多，但是勇气比较少；书籍比较多，但是才智比较少。你说的你们那种着树，造着房子，点缀着种种装饰品的世界，那是真的，我欣然地利用它的种种便利；然而我注意到这一点：一件事如果在个别的情形下是这样，在一般的情形下也是这样；要"人"开出他光荣的花朵，并不需要这富丽堂皇的设备与种种便利，而是需要一些乞丐似的诗人荷马的思想，他流浪着，也不知道是在哪一个时代，在古老的世界的幼年与野蛮时代里；也需要一些人，像奴隶摩西一样地庄重，有见识，他领导别的奴隶从他们的主人那里逃出来；也需要像某些赛西亚 [3] 无政府主义者的沉思；斯巴达城居民的正直可畏的勇敢；法兰克人克罗维斯 [4]，撒克逊人阿尔弗列德，哥特人阿拉列克 [5]，阿拉伯人穆罕默德，阿里 [6]，与峨玛，克德人撒拉丁 [7]，土耳其人鄂曼 [8]，他们的精力，足够随时随地造成你所谓的社会，只要一个健全的身体里健全的心灵一出现，就大功告成了。呵，保守主义，你的衣服是华贵精致的，你的马匹是最优的品种；你的道路筑得很好，砌得很好；你的伙食房装满了肉类，你的地窖装满了各种酒，你对于绅士淑女们是一种非常好的生活条件；但是这些货品里每一种都偷去我一滴血。我要供给我自己的需要，我认为这应当是必要的。你这一切价值昂贵的文化都是不必要的。伟大的品性并不需要它。因为人是自然界的目标；没有一样东西能像他这样容易地将自己组织到宇宙的每一部份中；没有一种苔藓像他这样容易生出来；而他随身携带着发挥着整个社会的装置，随机应变，如同一支军队在沙漠里扎营，刚才这里一切都是风沙，他们却可以在一小时内创造出一个白色的城市，一个政府，一个市场，一个供人筵饮，会谈，恋爱的场所。

这些意见，由个性与命运都还没有形成的青年提出，总应当引起一切有理性的人的同情。由于一种慈悲心，一切成年人都应当对青年关怀，照料他，使他在踏进人生的时候有自由的活动范围，得到公正的待遇。但是除了这种慈悲心之外，我们总该看出，我们身为它的一份子的这社会，是不容许人们形成或是继续某种于人类的荣誉与福利有害的观点或行为的。保守主义以一种政党的形式出现的时候，我们反对它的理由是：它由于爱好行动，因而憎恨原理；它在感觉中生活着，不是在真理中；它为绝望而牺牲；它选择它的候选人，条件是合用，而不是品德；它的措施也都是权宜之计，而不是主持正义。它借口说要避免摩擦，在社会的机器里添上那么许多附加的东西，使它滑泽地柔和地转动着，然而它不能磨粉了。

全世界的保守党都承认：急进党的话并不是白说的——如果我们仍旧是在伊甸乐园里。急进党员制定的法律是为一个太理想的人而设的；他的理论是对的，但是他没有顾虑到可能的摩擦；忽略了这一点，就使他整个的主义都变成错误的。理想主义者反驳说：保守主义者坚持另一个极端，犯的错误为害更大。保守党假定疾病是不可避免的，他的社会机构是一个医院，他制定法律整个地是针对着目前的困苦，全宇宙都像病人似地穿着拖鞋与睡衣，戴着围涎，拿着吃粥的匙子，吞咽着药丸与草药煎的茶。不但健康被组织起来，疾病也被组织起来了，罪恶也与善行一样地被组织起来。一种恶毒的商业系统既然已经存在了这样久，它在一代代的人类中成了一种刻板的定型，造出许多吝啬的人。疾病既然生了根，麻疯症也变得狡猾起来了，侵入了投票箱；麻疯病患者比健康的人票数多；社会将它自己化为一个医院董事会，它一切的法律都成了检疫条例。如果任何人敢抵抗，而且抱着一种慈厚的希望，与普遍的绝望对抗，社会就向他皱眉，禁止他享有进取的机会，以及它的米仓，它的食堂，它的水与面包，给他一种下等仆役的待遇。保守主义对于人类每一部份的行为与热情同样地看不起。它的宗教也一样地坏；它是给病人吃的一粒药糖；一种悲哀的曲调，给烦恼的人解闷；多垫一只枕头，吃一点止痛剂，来减轻痛苦；永远是减轻痛苦，从来不是治疗；赦免罪恶，荣耀的丧礼——而从来不是自助，革新与美德。它的社会活动与政治活动也没有更好的目标；阻挡风雨的侵袭，度过这一星期，这一年，使这世界在我们这一辈子里不会毁灭；而不是坐在这世界驾驶它；不是将过去的回忆淹没在一个新的，更优良的创造的荣光里；它是一个个胆怯的皮匠，一个打补钉的人，它无论触及什么，都使那件东西贬了值。

　　我不拟再列举双方的理由，拥护或反对现存的制度。如果有人仍旧要问，既然一种偏颇的组织是不可避免的，那么究竟哪一个政党大体上最有资格得到我们的同情——我归之于个人的心中，一切这一类的问题必须在那里作最后的裁决。每一个坚强的宽大的心灵怎样选择它的立场——与旧社会的保卫者站在一起？还是与寻求新社会的人站在一起？在哪一种情况下，可以有希望启迪一个伟大勇敢仁慈的人；迫使他们发挥他的机智，考验他个性的力量？我们每一个人在健康的时候，富于进取心的时候，自然而然地会站在哪一面？

我很瞭解人类对于战争的敬意，因为战争打破了社会上的停滞，并且一切个人的长处都可以在战争中表现出来。一种战争的状态，或是无政府状态——法律在这里没有什么力量——使每一个人都经过考验，它这一点是可贵的。一个有正义感的人，大家都知道他是那样的人，即使在党派纷争的愤怒中也仍旧被人尊敬。在法国的内战中，一切法国的缙绅之间只有蒙泰恩一个人不闩上他的堡垒的大门，他个人的正直至少等于一旅人的力量。一个有毅力有机智的人显出他的能力，那柔弱的卑劣的人也现出原形。可以很容易地辨认超出战争之上的人，与堕落到战争以下的人，以及另一种人，他们接受战争的粗暴的情形，用他们自己的刀使自己镇定。

但是在和平的时候，在商业的状态下，我们应当依恃这一种信心：我们自己知道我们是诚实的人，一切人也都知道我们是诚实的人。然而我们并不这样，却怯懦地依恃别人的美德。因为追溯到最后的根源，永远是社会上某些人的美德在那里维持着法律，使法律被人尊敬，使法律有威权。这岂不是可耻的么，我能够平安地占有我的房屋与田地，并不是因为我国的人民都知道我是一个有用的人，而是因为他们尊重各种别的有声誉的人，我也不知道是些什么人，是他们共同的美德使法律至今仍旧有声望。

一个英雄决不把法律放在心上。不论法律是否赞助他，他的伟大将要发出光辉，完成它的目的。如果他曾经做苦工挣饭吃，而且不得已而走的是狭窄的邪路，他可以设法使他过去的行为至少变成正当的。过去的一切他都不理会；过去的错误他都不负责；他将要说，我要使现在这时候与眼前这一群人成为美丽，幸福的；我的祖先一切的卑鄙的行为都不能剥夺我这权利。不论什么权力与财货源源不绝地流到我这里来，都将从我这里得到一种治疗性的力量，成为安全的泉源。我也来做一个降生人世的救世者，不行么？此后无论什么人提起我的名字，总不会将我当一个恶人记录下来，而是大地上的一个施恩的人。好的用意，忠诚，辛劳，如果这些品质是有力量的，那么北风应当更清纯，天上的星应当发出更慈爱的光辉，因为我曾经在这世上活过。我主要的工作是誓为所有的天神的公仆，证明给一切人看，事物的中心里面有智慧与善意，有一种精神领导我们，有一种不断地提高，更高更高的精神。这些都是我的任务；我要把人类怎样处置，你的法律怎么能够帮助我或是妨碍我呢？从另一方面说来，我这种倾向建立了人们与我的关系。只要是有价值的事，就有人招呼我。不论哪里有人，那地方就成为我的研究与爱好的对象。迟早一切人都将成为我的朋友，将用一切方法证实他们对我有多么强烈的好感。我不能感谢你们的法律保护我。我保护了法律。法律没有保护我的能力。这是我的任务：使我自己被人尊敬。我全靠我的荣誉，我的劳作，与我的性情，使我能够在人类的好感中占有一个地位，而不是靠任何习俗，或是你们羊皮纸上的文书。

但是如果我自甘暴弃，变得怠惰而放荡，我很快地就会爱好一种强有力的法律的保护，因为我觉得我自己没有资格享有这些利益。那种纵欲的贪心的人，没有人爱他；只要武力一松弛下来，人类对他就不付房租，不付股息；不但如此，而且如果他们能够下一个批判，他们将要说他的纵欲与他的压迫应当得到社会的责罚，而不是得到他现在享受着的丰富的膳食与房屋。于是法律成为他的秽德的屏障，它保护他越长久，越是使他变得更坏。

我要作一个结论，所以我不再交替地表现两种偏颇的观点，而回到普遍的必然性的历史的远大观点上。人类应当觉得快乐，革新的运动有了这样大的成就，而且面临着这样自由的活动范围。人们抱着那样大胆的希望，超过了一切过去的经验。这种希望使他们镇定下来，使他们愉快，因为它给他们描绘出一个简单的平等的生活，充满了真理与虔诚。这希望是在什么树上开花呢？它不是什么移植过来的瑶草琪花，而是生长在保守主义的野苹果树上。这古老的被诅咒的制度竟会生出这样美丽的孩子来，真是了不起。它预言：在一个住满了保守党的世界里，也许还会有一个改革者生下来。

〔注释〕

[1] Ethiopians，阿比西尼亚人之古称。

[2] Chaldeans，古代波斯湾沿岸的闪族人，后为巴比伦人之大多数。

[3] Scythian，古代民族，居今之罗马尼亚、俄罗斯中部及里海边区域。此处所谓赛西亚疑指旧俄。

[4] Clovis（481－511），建立古日耳曼民族之法兰克帝国（Frank Empire）（今德、法、义所在地）。

[5] Alaric the Goth（376－410），曾征服东西罗马帝国。

[6] Ali（602－661），穆罕默德后四世，六五六年即回教主位，

六六一年遇刺死。

　　[7] Saladin（1137－1193），埃及与叙利亚回教君王，曾与十字军对抗，以豪勇正直称。

　　[8] Othman（1259－1326），土耳其王国之祖。

第二章　生活方式

编辑者言

　　人们的计画也有荒唐的，也有智慧的，而一方面生命继续进行，它仍旧是生命。爱默森自己的智慧日益增长，于是他愈益专心研究生命的事实——生命的无数事实。他的作品大都是分析他眼中看来的事物；我们如果愿意赞同他的发现，承认它是适当的，他的作品就站得住，否则它就站不住。作家爱默森最后的成败，应当用读者听到他说出多少真理来测量。他对于真理的寻求，也许是漫无系统的，也许他并不能够解决任何争论。但是重视他的人们可以指出一千句独立的句子，他在那里面说出使人兴奋的真理。在这些句子里，他是有常识的，而又有灵感。这两样合在一起，非常难得。

　　《历史》是他的《散文集》中著名的一篇，叙述出生命照什么方式安排它自己。《喜剧性》与《悲剧性》起初是在《钟面》杂志里刊出的；他献身于寻求"大自然的原理"，这两篇散文是他的一种尝试，要完成这原理；而这尝试有时候仅只是尽职的，并没有成功。

一　历史

在创造一切的圣灵看来，
世上的万物都不分大小：
它到了哪里，万物就生出来了；
而它到遍一切的所在。

我是宇宙的主人，
也占有七星与太阳年，
恺撒的手，与柏拉图的脑筋，
基督的心，与莎士比亚的声音。

一切个人都有一个共同的心灵。每一个人都是一个小小的海湾，引到同一个海，和它的一切。一个人只要获得了说理的能力，立刻就可以在这整个的区域内自由活动。柏拉图所想的，他也会想到；一个圣徒所感觉到的，他也会感觉到；在任何时候任何人遭遇到的事情，他都能够了解。无论谁只要能够接近这"天心"(Universal mind)，就参与了目前存在的一切，或是可能做到的一切，因为这是唯一的最高的媒介物。

历史是"天心"工作的记录。它的天才有整个的一连串的岁月作为例证。要解释人性，必须看他整个的历史。人的心灵从最开始的时候就出发——不慌不忙地，也从不休息——把一切属于它的天赋的功能，思想，感情，都具体化起来，表现在适当的事件中。但是思想永远是在事实之先；所有的史实都以定律的方式预先存在于心灵中。而每一条定律又都是由当时左右社会的环境制造出来的；同时由于自然界的限制，每次只能有一个定律产生。一个人是全部的事实的百科全书。一颗橡实可以创造出一千个树林；埃及，希腊，罗马，法国，不列颠，美国，已经蕴藏在第一个人里面了。一代一代，军营，王国，帝国，共和国，民主国，不过是将他的多方面的精神应用在这多方面的世界上。

　　这人类的心灵写出历史，而它也需要读历史。埃及的狮身人面兽必须解答它自己的谜语。如果整个的历史是包藏在一个人里面，那么我们完全能以个人的经验来解释它。我们生活里的时刻与一世纪一世纪的时间有一种关系。正如我所呼吸的空气是从自然界伟大的贮藏所里取来的，正如照在我这本书上的光是来自一万万哩外的一颗星球，正如我身体的稳定全靠离心力与向心力的均衡——同样地，时刻也应从世纪那里得到教训，世纪也可以用时刻来解释。每一个人都是那"天心"又投了一次胎。它所有的性质在他的内心里共同存在。他个人的经验里每一个新的事实都映照出一大群人曾经做过的事情，他的生活里的危机可以与国家的危机互相印证。每一个革命最初都是一个人心里的思想；等到另一个人也想到了这同一个思想，它就是这时代的关键了。每一种改革当初都是一个私人的意见；等到有一天，它又是另一个人的私人的意见，它就会解决那一个时代的问题了。别人叙述的一切事实，我内心必须有一点与它符合，我方才会认为它是可信的，或是可以了解的。我们读书的时候，必须成为希腊人、罗马人、土耳其人、祭司与国王，殉教者与刽子手；必须将他们的形象拴缚在我们秘密的经验里某种实物上，否则我们不能够正确地学到任何东西。每一种新的法律与政治运动对于你都是有意义的。你应当站在它们每一个招牌前面说："我那心灵是有无数化身的，它曾经躲藏在这面具下。"这补救了我们太接近自己的这个毛病。这使我们从相当距离外看我们的行为，有了正确的比例。螃蟹、山羊、蝎子、秤与水壶被用作十二种命宫的标志，就不复是卑不足道的东西了；同样地，在所罗门，阿尔西拜阿地斯 [1]，与凯泰兰 [2]，这些遥远的人物之中，我也能够冷静地看到我自己的罪恶。

普遍的天性使特殊的人们与事物有价值。因为人的生命含有这种普遍的天性，所以它是神秘的，神圣不可侵犯的，我们用各种惩罚与法律来护卫它。所以一切法律都是起源于这最基本的理由；一切法律都多多少少清晰地表示它们掌握着这种最高的不可限量的要素。财产也把持着我们的灵魂，包含着伟大的精神方面的事实；起初我们就本能地用刀与法律，以及广泛复杂的工具来掌握它。我们对于这件事实也隐隐地有些知觉，这种知觉就是我们这一生一世的一线光明，是我们最大的主张；是受教育，求公道，得慈善的口实；是友谊与爱情的基础，也是自己靠自己的行为所有的英勇与庄严的基础。我们读书的时候，总是不自觉地自处于超人的身份——这一点是很可注意的。宇宙的历史，诗人，传奇作家，他们所描绘的最堂皇的场面——在祭司与帝王的宫殿里，以及坚强的意志的胜利，天才的胜利——从来不使我们失去兴趣，不使我们感觉到我们是局外人，觉得我们不配欣赏这种故事；

倒是在他们最伟大的笔法里，我们最觉得舒适自如。莎士比亚所说的关于那国王的一切，坐在那边角落里读的小男孩也觉得可以应用在他身上。历史上重要的一刹那，伟大的发明，伟大的抵抗，人类伟大的富庶的时期，都能唤起我们的同情——因为那里有人为了我们而制定法律，在海洋上探险，发现陆地，或是打击敌人，而我们自己处于同样地位也会这样做，或是拍手赞成别人这样做。

我们对于环境和品性也同样地感到兴趣。我们尊敬富人，因为他们外表上有一种自由，权力，与风度——我们觉得那一切都是人类应有的，我们应有的。同样地，古希腊的禁欲主义者或是东方或是现代的散文作家笔底的智慧的人，在每一个读者看来，都描写了他自己的观念，描写了他尚未达到但是可能达到的自身。一切文学都写出智慧的人的个性；书籍，纪念碑，图画，会话，都是画像，他可以在里面找出他将要形成的容貌。无论是静默的还是长于口才的人，全都颂赞他，招呼他，他无论到哪里都感到兴奋，好像听见人家提到他。因此一个真正有志向上的人从来用不着在谈话中希望对方说到他，赞美他。他听见人家称赞他所追求的那种品性，比称赞他还更甜蜜。在人们谈到品性的每一个字句里他都可以听见这种赞扬，而且更进一层，在每一件事实与环境中——在河流里，在綷縩响着的麦子里，也都可以听见这种赞扬，暗哑的自然界，山，与天上的日月星辰，也都在顾盼的神情中表示赞美，臣服，爱戴。

这些暗示，在幽暗的下意识中透露给我们的暗示，我们应当在清醒的时候利用它。一个学生应当以主动的态度读历史，而不是被动地；将他自己的生活视为正文，将书籍当作注解。这样，司史的女神就被迫吐出实话，她对于不尊重自己的人从来不说实话的。无论什么人，如果他认为远古驰名的人物所做的事比他今天所做的事有更深的意义，我不相信他能正确地了解历史。

这世界之所以存在，是为了教育每一个人。历史上没有一个时代或是社会状况或是行为的方式，不是在他的生活里都有某种与它相符之点。每一件事物都有一种倾向，会奇妙地自行减略，将它自身的优点贡献给他。他应当看出他可以在自己本身内体验到整个的历史。他必须坚定地坐在家里，不让那些国王与帝国欺凌他，他知道他比世界上的一切地理，一切政府都伟大；他必须将普通读史的观念转移过来，从罗马与雅典与伦敦移到他自己身上；他必须相信他是法庭，如果英国或是埃及有话对他说，他就审判这案件；如果它们没有话对他说，那就永远缄默吧。他必须养成与保持一种崇高的见地，由这种见地，一切事实都透露它们秘密的意义，而诗与历史是相同的。我们利用历史上重要的记载，就可以知道心灵的本能，大自然的目标。时间将坚固的，有棱角的事实，化为闪耀的精气。无论什么铁锚，巨缆，篱笆，都无力将一件事实永远保存为事实。巴比伦，特洛依，泰雅，巴勒斯坦，就连早期的罗马，都已经逐渐转变为虚构的故事了。伊甸乐园，日头在基遍站住不动 [3]，这些事迹后来对于一切国度的人都成为诗歌了。谁也不管原来的事实是怎样的，我们已经把它化为一个星座挂在空中，一个不朽的标志。伦敦与巴黎与纽约必须走向一条路。"历史是什么？"拿破仑说，"不过是一个大家都同意的寓言。"我们这生命四周插着埃及，希腊，法国，英国，战争，殖民地，教会，宫廷，商业，就像是插着许多花朵与天然的装饰品，有些是严肃的，有些是愉快的——如此而已。我不想夸张它们的价值。我相信永生。我能够在我自己的心灵中找到希腊，亚洲，义大利，西班牙与英伦三岛——每一个时代与一切时代的天才与创造性的原理。

我们永远在我们私人的经验中遭遇到历史上显著的事实，在我们私人的经验中证实它们。一切历史都成为主观的；换一句话说，实在是没有历史，只有传记。每一个心灵必须自己学会这一课——必须亲自察看整个的地域。凡是它没有看见，没有体验到的，它就不会知道。前一个时代将一件事摘要纳入一个公式或是一条规则，便于管理操纵。但是那条规则外面仿佛围着一堵墙，我们的心灵没有机会为自己证明这件事实，而由此得到益处。在某种场合，某种时候，它必定会要求补偿它这损失，并且会得到补偿，那就是由自己来做这件工作。某人发现了天文学里的许多事物，都是人们久已知道的，但是他本人得益不浅。

历史必须是这样的，否则它毫无价值。国家制定的每一条法律，都指出人性中的一件事实；不过如此。我们必须在我们自身内看出每一件事实的必要的理由——看出它能够怎样，必须怎样。你应当以这种态度对待每一种行为；对待一个政论家的演说，一个军事家的胜利，一个为主义或宗教殉难者的精神；对待革命期间的恐怖，宗教复兴的热狂。我们假定我们在同样的影响下也会受到同样的感染，做出同样的事情；我们的目的是要在精神上熟谙每一个阶段，达到我们的伙伴（也是我们的替身）所达到的同一个崇高或堕落的阶段。

一切对于古代的研究——金字塔，发掘出的城市，英国远古遗下的巨大石柱群，印第安人史前在俄亥俄州筑的土墩子，墨西哥与埃及曼佛斯的古迹，我们对这一切的好奇心，都是一种欲望，要消灭这野蛮的，荒诞的"那里"与"那时候"，以"这里"与"现在"来代替。贝尔桑尼[4]在埃及蒂卜斯的木乃伊坑与金字塔里挖掘，测量，终于可以看出那异形的建筑与他自己之间并没有什么分别。到了一个时候，他无论在大体上还是细节上都确信创造它的人也是像他这样的，有同样的器械，同样的动机，而他自己也可能为了同样目的而工作——这时候问题就解决了；他的思想在整排的庙宇与狮身人面兽与地下墓窖中活动着，心满意足地在这一切之间穿过，而它们在他心灵中复活了，或者可以说，它们成了"现在"。

一个哥德式教堂，它显然是我们造的，而又不是我们造的，当然它是人类造的，而我们这些人却造不出它。但是我们研究它产生的历史。我们将我们自己置身于建筑它的人的地位与状况中。我们回忆到树林里的居民，最初的庙宇，此后仍旧保持着最初的典型，而一方面国家的财富增加起来，就加上了许多装饰；木头经过雕刻立刻身价十倍，于是一个教堂堆积如山的石头都经过雕刻。我们温习了这过程之后，再加上天主教，它的十字架，它的音乐，它的游行，它的圣徒纪念日与偶像崇拜，我们就是那建造大教堂的人了；我们看出它是怎样一回事。我们的理由很充足。

人与人之间的分别是在他们联系事物的原则上。有些人将物件分类，是根据它们的颜色与大小，与其他偶然性的外表上的区别；有些人是根据内在的相似之点，或是根据因果关系。智力越进步，就把原因看得越清晰，而并不注意表面上的分别。在诗人与哲学家与圣徒看来，一切物件都是友善的，神圣的，一切事件都是有利的，一切日子都是圣日，一切人都是神圣的。因为他们的眼睛凝视着生命，而忽视了境遇。每一种化学物质，每一种生长着的植物动物，都证实里面的原因是一致的，而外表是不同的。

这创造一切的大自然，像一朵云或是空气一样地柔软流动，托着我们，包围我们；为什么我们要做固执的腐儒，将寥寥几种形式特别放大？为什么我们要注重时间，或是大小，或是模样？灵魂并不认识这些，而天才服从天才的定律，它知道怎样玩弄它们，像一个小孩和老人们玩耍，在礼拜堂里嬉戏。天才研究偶然想到的东西；天才在事物还未孕育出来的时候，就可以看出从同一个日轮中射出的光线，在落下来以前已经隔开无限的距离。天才观察着单元在自然界里变幻无穷，推陈出新，轮回不休，无论它采取甚么形式都逃不过他的眼睛。天才在苍蝇，毛虫，蛴螬与卵之中看到那永恒的个体；在无数个体之中看到那固定的种族；在许多种族中看到那种类；在一切种类中看到那不变的典型；在一切有组织的生命的各界中看到永恒的统一。大自然是一朵易变的云，永远是一样的，而又从来不是一样。它将同一个思想铸成无数形式，正如一个诗人将一个寓意写成二十个寓言。一种微妙的精神能够克服物质的兽性与韧性，将一切物件都任意扭曲，随心所欲。最坚硬的东西在它面前也化为柔软的，而仍旧有一定的形式；我正在这里看着它的时候，它的轮廓与质地倒又改变了。形式这样东西是最不耐久的；然而它从来不完全否认它自己。在人类里面，我们仍旧可以发现下等动物的遗迹或是暗示；在下等动物中，我们认为这些性能都是奴役的标志，然而在人里面，却更加衬托出他高贵与优雅。

历史上相同之点也是蕴藏在内的，不同之点也是突出的。表面上看来，有无数种类的事物；而在中央，却有一个单纯的原因。一个人无论做出多少件事来，我们都可以在里面认出同样的性格。你观察我们关于希腊天才的知识的来源。根据希罗多忒斯[5]，苏西戴狄斯[6]，冉诺芬[7]，与普鲁塔克[8]的叙述，我们知道那民族的"人文史";他们是什么样的人,做了些什么事,都说得很够详细。他们的"文学"又将这同一个国家的心灵表现给我们看,在史诗与抒情诗,戏剧与哲学里;非常完备的形式。我们在他们的"建筑"里又有同样的收获——一种有节制的美,限于直线与方块——建造出来的几何学。在"雕刻"中我们再有同样的收获——那"欲言又止的舌头",成群的人体,动作极自由,然而从来不越出一种理想的平静的规范;如同热心的信徒在诸神之前表演某种宗教性的舞蹈,即使是感到痉挛性的痛苦,或是在以性命相扑的战斗中,也从来不敢破坏他的舞蹈的姿态与仪节。于是一种优秀的民族的天才以四种方式表现给我们看;而根据我们的感官,还有比这些东西更不同的么?——萍达[9]的一首抒情诗,一只大理石雕的半人半马的怪物,巴特农殿(Parthenon)的列柱廊,福西昂[10]临死之前的行动。

　　每一个人一定都曾经观察到有些相貌与形体,并没有任何相像的特征,却给人同样的印象。一幅图画或是一部诗集会使人想到荒山中的一条路径;即使它并不使人联想到同样的一串形象,也仍旧能叠印上同一种情操;虽然这相似之点在我们感官上并不觉得显著,但是它是玄妙的,我们无法了解的。大自然不过是寥寥几种定律,变化多端地联合着,重复着。它哼着古老的著名的曲调,而予以无穷的变化。

　　大自然一切的作品都像一家人一样,有一种崇高的相像之点;大自然最喜欢在意想不到的地方给它们相像,使我们惊奇。我曾经看见过一个森林中的老酋长的头,立刻使我想起一座光秃秃的山巅,额上的皱纹则使人联想到岩石的地层。有些人的态度里有一种本质的庄严华美,像巴特农殿简单而使人敬畏的雕刻,与最早期的希腊艺术的遗迹。在一切时代的书籍里，可以找到同样格调的作品。纪多的"曙光的女神"[11]不过是描绘一个早晨的思想，正如里面的马匹不过是早晨的一朵云彩。如果任何人不怕麻烦，肯去观察他在各种心境中想做与不想做的各种各样的动作，就可以看出其中深切的关系，若合符节。

一个画家告诉我没有一个人能画一棵树，除非他先多少成为一棵树；也不能仅只研究一个小孩的形体的轮廓，而去画那个小孩子——画家必须费相当时间研究他的动作与游戏，藉此进入他的天性里，然后可以任意地画他，画出每一种姿态。同样地，鲁斯[12]也"进入一只羊的天性的最里层。"我认识一个制图员，被雇作一种测量工作，他发现他一定要别人先把岩石的地质构造解释给他听，否则就不能画那些岩石。有许多种非常不同的工作，同是起源于某种思想状况。相同的精神而不是事实。一个艺术家由于一种较深的了解，而不是着重于辛辛苦苦获得许多手工上的技巧，终于得到一种力量，能够唤醒别人的灵魂到既定的活动程度。

有人说过："平凡的人用他们的作为来付账，较高尚的人用他们本身来付账。"为什么呢？因为一个造诣深的性格用它的动作与言语，甚至于它的状貌与态度，来唤醒我们内心的力与美，就像是一个塑像或图画陈列所给予我们的影响。

人文史或是自然史，艺术史与文学史，都必须以个人的历史来解释它，否则它只是许多字眼而已，没有一样东西不是与我们有关的，没有一样东西是我们对它不感兴趣的——王国、大学、树、马、或是蹄铁——一切事物的根源是在人里面。圣克罗奇[13]与圣彼德大教堂的圆顶是仿照一个神圣的模型造成的，而模仿并不神似。斯忒拉斯堡大教堂是斯坦巴赫人欧尔文的灵魂的具体化的副本。真正的诗是诗人的心灵；真正的船是造船者。我们倘若能把人剖开来，就能够在他里面看到他的作品里最微末的一撇一钩的理由；正如蚌壳里每一个棘状突起物，每一种色彩，都预先存在于这鱼的分泌器官里。整个的纹章学与武士制度都存在于礼貌里。一个有优良的礼貌的人说起你的名字，自会使它成为光荣美丽的，抵得过任何贵族头衔。

　　日常的琐碎经验永远向我们证实某些古老的预言，并且将我们听到过而没有注意的字句与征象化为实物。和我一同在树林里骑马的一位女士向我说，她总觉得树林在那里等待着，仿佛住在林子里的精灵停止了它们的活动，等着行路的人走过去；这思想已经有诗歌宣扬过了，诗里说到人类的脚步打断了仙人的舞蹈。如果有一个人曾经在午夜看见月亮升起来，冲破云层，他就好像是天使长，上帝创造光，创造世界的时候他也在场。我记得有一个夏日在田野中，我的同伴指给我看一条宽阔的云彩，它可能有四分之一哩宽，与地平线平行，式样像礼拜堂上画的小天使，相当精确——正中一个圆块，很容易就可以加上眼与嘴，使它栩栩如生，两边有张开的对称的翅膀支持着。在天空出现过一次的东西，可能会常常出现，无疑地，它是那熟悉的装饰品的原来的模型。夏天我在天空里看到过一串闪电，它立刻向我指出，希腊人所画的天神手持的雷电，是大自然的忠实写生画。我看见过一堵石墙两边的积雪，显然是像普通建筑中镶衬着一座塔的涡卷形装饰品。

　　我们置身于原来的境遇里，就可以将建筑的程序与建筑上的装饰品一件件重新发明出来，因为我们看出每一种民族不过在那里装饰他们原始性的住所。陶丽克式（Doric）的庙宇保存着陶丽安人住的小木屋的式样。中国的宝塔显然是鞑靼人的帐篷。印度与埃及的庙宇仍旧流露某种痕迹，使人想起他们祖先的冢与地下房屋。希伦[14]在"对于伊西峨比亚人的研究"一书中说："在岩石里面造房屋与坟墓的习惯，自然而然地造成了埃及努比亚（Nubian）式的建筑的主要性格——它的庞大的形式。在这些自然形成的洞窟里，人们的眼睛看惯了巨大的式样与块体，因此一旦用艺术来帮助自然，这艺术如果施展在较小的规模里，就仿佛是贬低了身价。那些硕大无朋的厅堂，只有巨人才配坐在堂前做看门的人，或是倚在内室的柱子上——普通尺寸的塑像，或是整洁的走廊与房屋的两翼，如果和那种大建筑结合在一起，成什么样子呢？"

哥德式的礼拜堂的起源，显然是将森林里枝枝桠桠的树木简陋地改造为庆祝节日的拱廊，或是严肃性的拱廊；因为那些分裂的柱子上的扁带依旧象征着从前捆缚着它们的绿色枝条。任何人在松树林中辟出的一条路上走着，都会感觉得这丛林多么像一个建筑，尤其是在冬天，一切别的窗都是光秃秃的，更加显出撒克逊松树的低低的穹门。在树林里，在一个冬天的下午，我们也可以很容易地看出哥德式教堂里点缀着的五彩玻璃窗的起源——在树林里交叉着的秃枝之间看到西方天空的色彩。任何爱好大自然的人，走进牛津的一群古老的建筑与英国的教堂，也都会感觉到树林征服了建筑师的心灵，他的凿子锯子刨子仍旧仿制树林里的羊齿草，穗状的花，蝗虫，榆树，橡树，松树，枞树，与针枞。

哥德式的教堂是石头开了花；然而因为人类无厌地要求和谐，这烂漫的春光又被这种要求所节制。堆积如山的花冈石开成一朵永生的花，它有植物的美，有凌云的高度与远景，同时也有轻灵与细致的完整。

我们应当用同一种态度将一切公众的事实个人化，将一切个人的事实普遍化。那么历史立刻变成流动的，真实的，而传记变成深沉、崇高。波斯人用他们的建筑里纤细的小柱与柱头来模仿莲花与棕榈的茎与花；同样地，波斯国的宫廷在它伟大的时代也从来没有放弃它的野蛮部落的游牧生活，它在爱克巴塔那过春天，从那里旅行到苏萨过夏天，到巴比伦过冬天。

在亚洲与非洲的早期历史里，游牧生活与农业是两种敌对的事实。亚洲与非洲的地理使游牧生活成为必要的。一方面也有人因为土地，或是因为市场的便利，因而建造了城市；他们都非常惧怕游牧民族。所以教人民必须务农，因为游牧生活危害国家，就成了一种宗教性的训谕。在近代化的开化的国家，英国与美国，这种种倾向在国家与个人内心里仍旧像从前一样地斗争着。非洲的游牧民族不能不永远流浪着，因为他们的牛群被牛虻袭击得发狂，因而迫使那部落在雨季移殖，将牛群赶到较高的沙土区域。亚洲的游牧民族逐月跟从着有水草的地方转移。在美国与欧洲的那种游牧生活则是由于商业与好奇心；从阿斯塔波拉斯的牛虻到波士顿湾的英国迷与义大利迷，的确是一种进步。古代的流浪者不能走得太远，因为有些神圣的城市，每隔一个时期必须到那里去进香，或是有些严厉的法律与风俗，倾向于加强民族的联系；而久居在一个地方累积的益处，对于现代的漫游者也是一种限制。这两种对立的倾向在个人的内心里也非常活动，有时爱冒险，有时爱休息，全看哪一种冲动当时更占优势。一个体质强健，心境舒畅的人，能够很快地就适应环境，住在他的车里，南北浪游，到处一样地感到舒适。在海上，或是在树林里，或是在雪地里，他照样也睡得暖和，吃得有味，愉快地与人交往，就像在自己家里一样。或者他的机敏是有更深的根源,他的观察力范围较广，不论看到什么新鲜的事物，都有引起他兴趣之点。畜牧的国家是贫困的，饥饿到绝望的程度；而这种精神上的游牧生活，倘使发展过度，会使力量浪费在各种杂乱的物件上，而致心灵破产。在另一方面，那守在家里的聪明人，他的智慧是一种自制力，一种满足，他能够在自己的土地里找到一切生命的元素；但同时，如果没有外面灌输进来的思想刺激他的智慧，它也有日趋单调与堕落的危险。

个人所看到的他外面的一切东西，都与他的心境相符合；他向前迈进的思想将他领到某一件事实或某一串事实所属的真理，于是凡事对于他都成为可以理解的了。

原始的世界——德国人所谓"前一个世界"——我在自己内心里也可以跳到那里面去，不一定要暗中摸索，去研究地底坟墓，图书馆，毁灭了的别墅中破碎的浮雕与无头无臂的石像。

一切人都对希腊历史、文学、艺术与诗歌感到兴趣，不论哪一个时期的，从那英雄时代，又称荷马时代，一直到四五百年后，雅典人与斯巴达人的家庭生活。这种兴趣的基本原因是什么呢？不过是因为每一个人本身都经过一个"希腊时期"。"希腊状态"是"身体的天性"的时代，是感官的完美——心灵的天性与身体绝对一致地扩展开来。在这里面生存着那些美丽的人体，使雕刻家能够照他们塑出赫寇利斯（Hercules），菲柏斯（Phoebus）与乔甫（Jove）；他们五官端正，线条明晰，毫无腐化的气息，眼窝的形式使这种眼睛绝对能眯着眼向这边那边斜视着，而必须将整个的头都转过来，不像现代都市的街道上充斥着的形体，面容是一团模糊。那一个时期的态度是直率，粗豪的。人们对于个人的品质表示敬仰的是：勇气，谈吐，自制，公义，毅力，动作迅疾，响亮的喉咙，阔宽的胸膛。他们不知道享受与文雅为何物。人口稀少，生活贫困，使每一个人都做他自己的佣仆，厨子，屠夫与兵士，而这种自给自足的习惯教育着他的身体，使它能做出神奇的事来。荷马诗中的阿迦曼能（Agamemnon）与戴峨箧德（Diomed）就是这样的。冉诺芬在《一万人的大退兵》里描摹他自己与他的同胞们也差不多一样。他说："军队渡过了阿美利亚的泰利波阿斯河之后，下了很大的雪，部队悲惨地躺在雪地上。但是冉诺芬赤裸着身子爬起来，拿起一把斧头，开始砍柴；于是别人也都爬起来照做了。"在他的军队里，上上下下，都有无限的发言的自由。他们为了战利品而争吵，每次发出新的命令，他们都要与将军们争论。冉诺芬的利口并不输于任何人，而且胜过大多数人，所以他受人家很厉害的话，也还敬人家很厉害的话。谁都能看出，这是一群大孩子，也像大孩子们一样，有他们那一套荣誉的法典与松弛的纪律。

这古代悲剧的宝贵的魅力——实在也是一切古老的文学的魅力——是剧中人物很质朴地说话，说话的态度表示他们是非常有见识的人，而自己并不知道；那时候，反省的习惯还没有成为心灵的主要习惯。我们钦佩古代，并不是钦佩古老的东西，而是钦佩自然的东西。希腊人不是反省性的，而他们的感官与他们的健康都是完美的，有世界上最好的形体构造。成人的动作也和儿童一样的质朴，优美。他们以健康的官能、应有的态度制造花瓶、悲剧与石像——这就是说，他们的作品是有风趣的。这样的东西在一切时代都有人继续制造，现在，在任何地域，只要有一个健康的体格生存在那里就仍旧有人制造着；但是，作为一个等级来说，因为它们优越的构造，它们超过了一切。它们把成年人的精力与童年的可爱的天真合并在一起。这种态度之所以具有吸引力，是因为它是属于人的，是每一个人都知道的，因为他从前曾经是一个小孩；而且，任何时代总有人终身保存着这种性格。一个人如果有一种稚气的天才与天赋的精力，他其实就是一个希腊人，他重新激起我们对于希腊艺术女神的爱情。我钦佩《菲洛克提梯斯》[15]里面对于大自然的爱恋。读着那些优美的语句，向睡眠，向星辰，岩石，山与波浪致辞，我觉得岁月像退潮的海一样地消逝了。我觉得人的永恒性，觉得他的思想的本体。似乎希腊人的伙伴就是我们的伙伴。太阳与月亮，水与火，它们与他的心相遇合，正如它们与我的心相遇合一样。于是人们炫示着的希腊与英国的分别，古典派与浪漫派的分别，显得是浅浮迂腐的了。有时柏拉图的一个思想成为我的一个思想——使萍达的灵魂燃烧起来的一种真理，使我的灵魂也燃烧起来，这时候时间不存在了。我觉得我们两人在一种知觉里相遇，我们两人的灵魂都染上了同一个色彩，而且像是合而为一那样的动作，这时候我为什么要测量纬度，我为什么要数埃及的年代？

　　一个学生用他自己武士的时代来解释武士时代；也可以用他自己的相仿的小型经验来解释那海上冒险，环绕地球航行的时代。对于世界的宗教史，他也有同样的钥匙。当那远古的一个先知的声音在他听来，仅只是他幼年的一种情操的回声的时候，他就可以戳穿一切传统的混乱与制度的歪曲性，滑稽性，获得内中的真理。

　　每隔一个时期，有些稀有的，不可理解的灵魂出现在我们之间，向我们启示大自然里新的事实。我晓得上帝的使者常常有时候在人间行走，使平凡的听众的心与灵魂里都感觉到他们的使命。于是有了祭坛，祭司，女祭司，显然是被圣灵感召了的。

耶稣使注重肉欲的人感到惊奇，也制伏了他们。他们无法把他与历史结合在一起，或是使他与他们自身调和。然而只要有一天，他们渐渐知道尊重他们的良知，立志要过神圣的生活，这时候他们自己的虔诚就会解释每一个事实，每一个字句。

古代波斯的僧人，印度的婆罗门，古代不列颠的祭司，秘鲁的古代王族，这些东方与西方的教士的政略，在个人的私生活里都可以获得解释。一个严厉的形式主义者对于一个幼小的孩子有一种束缚性的影响，压制他的精神与毅力，瘫化他的理解力，而这并不使那孩子感到愤怒，只使他畏惧，服从，甚至于对这种专制很感同情——这是很普通的事，当孩子长成以后，他就明白了，他看出他年青的时候压迫他的人自己也是一个孩子，被某些名字与字句与形式所役使着；而压迫他的人不过是这些名词与形式势力的工具而已。

还有一层——每一个深思熟虑的人都向他那一个时代的迷信提出抗议，于是他一步步追随古代的改革者，在追求真理的途中他发现许多道德的新危机。他重新发觉我们需要多么强的道义的力量来代替迷信的束缚。紧跟着改革，总有一个放荡淫乱的时代。世界史上已经有多少次了，当代的革命伟人不得不慨叹，连他自己家庭里的虔诚也减退了。马丁·路德的妻子有一天向他说，"博士，为什么我们在教皇治下的时候，祈祷的次数这样多，而且这样热烈，而我们现在祈祷起来这样冷淡，而且次数这样少？"

进步的人发现文学是一个深邃的宝藏——不但一切历史是如此，一切寓言也都是如此。他发觉诗人并不是一个奇怪的人，描写奇异的不可能的局面，而是普天下的人，用他的笔写出一篇自白书，不但适用在一个人身上，而且适用在一切人身上。他在诗句中发现他自己的秘密传记，在他出生之前就写下来的句子，然而很奇妙地，他能够了解它们。他在他私人的冒险里逐一经验到每一篇伊索寓言，荷马，海菲斯[16]，阿里奥司托[17]，乔瑟，斯各特[18]的故事，用他自己的头脑与双手来证实它。

希腊人的美丽的寓言，因为它们是真正想象力的创作，而不是幻想，所以是普遍的真实的陈述。普洛米修斯[19]的故事寓意多么广阔，多么永久的切当。它是欧洲历史的第一章，（那神话用一层薄幕遮住了真正的事实，机械工艺的发明，与向殖民地移民。）除了它这主要的价值之外，它同时也是宗教史，相当接近后世的信仰。普洛米修斯是古老的神话中的耶稣。他是人的朋友；站在永恒的天父的不公平的裁判与人类之间，情愿为他们忍受一切痛苦。但是这神话将普洛米修斯表现成向天神挑战的地方，就和宗教改革主义的基督教略有出入，在这里它代表一种精神状态，无论什么地方，如果人们以一种浅薄的客观的形式宣扬有神论，很快地就会产生这种精神状态；这似乎是人的自卫，抵抗一种谎言，就是：一般人都对于相信有一个上帝存在的事实感到不满，也对于必须敬仰上帝觉得麻烦。如果可能的话，他会把造物者的火偷了来，与上帝分居，不倚赖上帝。"普洛米修斯被缚记"是怀疑主义的浪漫故事，这庄严的寓言，就连里面的细节也都适用于一切时代。诗人们说，阿波罗曾经替阿德米忒斯牧羊。诸神到人间来的时候，是没有人知道的。耶稣就不是；苏格拉底与莎士比亚也不是。安泰耶斯[20]快被赫寇利斯扼杀了，但是他每次碰到土地——他的母亲——他又重新得到力量。人是衰颓的巨人，在他衰弱的状态中，他的身体与精神全靠与大自然交通的习惯而强健起来。音乐的力量，诗的力量，陶冶性情，引人入胜，海阔天空，任意遨游，这就解答奥菲斯[21]的谜语。哲学的理解能够在无穷无尽的形式的变化中看出相同之点，这使他能够明瞭那变化多端的海神普洛梯斯。我不是普洛梯斯是什么？昨天我笑了或是哭泣了，昨夜我睡得像个死尸一样，今天早上我站着，奔跑着。我无论向哪一面观看，芸芸众生岂不都是普洛梯斯的转生？我可以用任何生物，任何事实来象征我的思想，因为每一种生物其实都是人，不过有时是造因者，有时是感受者。坦忒勒斯[22]在你或我看来不过是一个名字。坦忒勒斯的意义是指我们无法饮到思想的泉水，虽然它永远在灵魂的视线内亮晶晶地摇摆着。轮回之说并不仅仅是一个寓言。我但愿它不过是一个寓言；然而男人与女人只是半具人性的。农场里，田野里，树林里，地面上，与地底的水中的每一种动物，都在人类中设法获得一个立足地，并且在这些站直身体，面向天空，会说话的人类之间，设法留下了特征与形体的痕迹。那狮身人面兽的古老的寓言，对于我们也是一样地接近，切当；牠坐在路旁，问每一个行人一个谜语。如果那人不能回答，牠就生吞了他。如果他能够回答，狮身人面兽就被杀死了。我们的生命是什么？不过是长着翅膀的事实或事件的无穷的飞翔。这些变化各各不同，来向人的灵魂提出问句。有些人不能用优越的智慧应付当前的事实，答覆当前的问题，就需要为它们服务。对于这些人，事实是一种累赘，事实控制他们，虐待他们，造成那种遵守常规的人，有"见识"的人；在他们中间，因为他们拘泥的服从事实，竟至于熄灭了人之所以为人的宝炬的每一个火花。但如果那人是忠于他好的本能或情操，拒绝为事实所统治，仿佛他是属于一种高级的种族；坚定地不肯与灵魂分离，并且能够看出正义在哪里，那么那些事实自会适当地柔顺地各得其所；它们认识它们的主人，它们之间最平庸的也能给他无限光荣。

诗人的天性太渺小，而宇宙的天性力量太大了，它骑在他的颈项上，用他的手写作；所以他有时候仿佛仅仅是发泄一种奇想或是荒诞的浪漫故事，而结果成了寓言。所以柏拉图说："诗人说出伟大的智慧的话，而他们自己并不懂得这些话。"中世纪的一切虚构的故事，意义都很明显，它们其实就是这一时代严肃认真地辛苦工作着企图获得的东西，不过是用一种戴着面具的或是嬉戏的方式表现出来。魔术，以及人们传说的它的一切神奇之点，其实就是对于科学的能力的一种深沉的预感。日行千里的鞋子，极度锐利的刀，克服水火的力量，利用矿物的秘密能力，通鸟语，这些都是心灵朝着正确的方向的模糊的努力。英雄的超自然的勇猛，神仙赠予凡人永久的青春，与这一类的事，全是人类的精神企图"使事物的外表吻合心灵的欲望。"

但是除了人的人文史与哲学史，还有一种历史每天在进行着——外界的历史——而人也同样密切地牵涉在内。人是时间的纲领；人也是大自然的伙伴。他有能力，因为他有无数的姻亲，因为他的生命是与无数有机体与无机体的物件的整个连脉都结缠在一起。在古代的罗马，从公所起筑的公路向东西南北分别前进，通到帝国的每一省的中心，使京都的军队可以通行到波斯、西班牙与不列颠的每一个市镇；同样地，也有大路从人心里出发通到自然界每一个物件的心里，使它屈服在人的统治下。一个人是一捆关系，一团根蒂，而他开出来的花，结出来的果实，就是这世界。

他天赋的功能参证他身外的自然状态，预知他将要居住在怎样的世界里，正如鱼的鳍预先表示有水存在，或是蛋中的小鹰的翅膀预先猜测到空气的存在。人如果没有世界，就不能够生活。把拿破仑放在一个岛上的监狱里，使他的才力无法发挥在任何人身上，没有阿尔卑斯山可爬，没有孤注一掷的机会，他就会书空咄咄，显得愚笨起来。将他迁移到广大的国土，稠密的人烟，复杂的利害关系与敌对的势力中，你就会发现：拿破仑这人——那就是说：圈限在他那样一个侧影与轮廓中的人体——并不是实在的拿破仑。这不过是"泰尔勃特的影子"[23]——

> 他的本质不在这里。
> 因为你所看见的不过是
> 人性的最小的一部份，占最少的比例；
> 如果整个的身体都在这里，
> 它是这样开豁，这样崇高的，
> 你的屋顶都容纳不下它。
>
> ——《亨利第六》

哥伦布必须有一个地球，才能够筹画他的航线。牛顿与拉普腊斯[24]需要无数年代与密布着星球的天空。我们可以说牛顿的心灵的性质已经预言了一种重力吸引的太阳系。戴维或是盖鲁撒克[25]的脑筋从自幼就研究微粒的吸引与排拒，也同样地预示组织的定律。胎儿的眼睛岂不是预示光明？韩德尔[26]的耳朵岂不是预言和谐的声音的蛊惑？瓦特[27]，福尔顿[28]，阿克莱兹[29]的建设性的手指，岂不是预知金属品可镕解可锻炼的坚硬的质地，与石头，水，与木头的性质？小女孩可爱的品质岂不是预知文明社会的优雅与种种装饰？这里也使我们联想到人对于人的行为。一个心灵经过无数年间的思考，所能够得到的自我了解，赶不上恋爱的热情在一天所教给的为多。一个人倘若从来没有因为某种暴行而震怒，没有听到有口才的人发言，没有参加举国腾欢或是人心惶惶的震荡情形，那他怎么能够知道他自己？没有一个人能够事先预料他的经验，或是猜测一样新的物件将要启发那一种功能或感觉，正如他今天无法画出明天初次见面时的一个人的脸相。

这仅只是一般性的陈述，我现在不拟发掘它背面的理由，研究它的符合性。总之，历史的读法与作法，都需要参照这两件事实：一切心灵都是一个，而大自然是与它息息相关的。

所以，灵魂以无数方式为每一个学生集中它的宝藏，生殖它的宝藏。学生也须要经过这整套经验。他需要将大自然的光线集中在一个焦点里。历史不复是一本沉闷的书了。它将要投生人世，每一个公正的智慧的人都是它的化身。你不必列举你看过的书，一一告诉我是用哪一种语言写的，书名叫什么。你应当使我觉得你体验过哪几个时期的生活。一个人应当是一切名人的纪念堂。他走路，应当像诗人描写的女神一样，穿着一件画满了奇妙的事件与经验的长袍——他的形体与五官表现着崇高的智力，就是那件五彩辉煌的衣服。我将要在他里面看到那史前的世界；在他的童年看到古希腊的黄金时代，知识的苹果，寻求金羊毛的远征，上帝召唤亚伯拉罕，以色列人建造圣殿，耶稣诞生，黑暗时代，文艺复兴，宗教改革，发现新大陆，开创新科学，发现人性中的新领域。人将要成为自然之神的祭司，将晨星的祝福带到卑贱的茅舍中，并且带来了一切记载中的天地赐予人们的福利。

这种要求是否有些过于自负？那我就要把我所写的全部抛弃，因为我们假装知道我们所不知道的事，有什么用呢？但这是由于我们的修辞学的毛病：我们强调一件事实，就似乎必须歪曲另一件事实。我很看不起我们实际的知识，你听听墙壁里的老鼠，看看篱笆上的蜥蜴，脚下踏着的菌，木材上生的苔。这些生命中的任何一种，无论就情感上还是道义上说来，我对于它的世界知道些什么？这些生物与高加索人种一样古老——也许还更老些；它们在人类的旁边默默地不发表意见，从来没有任何记载。说到两者之间曾经通过言语或是打过手势。书上从来可曾指出过五六十种化学原素与历史上各时代的关系？不但如此，历史有没有记载过人类的哲理的年鉴？我们隐藏在"死亡"与"永生"这两个名词下的神秘境界，历史有没有帮助我们明瞭它们？然而，每一个写历史的人都应当有一种智慧，能够揣度与我们人类似的事物的范围，能够将事实看作象征。我们的所谓历史只是一种浅薄的村俗的故事，我看到它真觉得惭愧。我们为什么总是把罗马、巴黎、康司坦丁堡挂在口上！罗马对于老鼠与蜥蜴知道些什么？老鼠与蜥蜴都是与我们邻近的生命系统，但是奥林匹克运动会与执政时代对于它们有什么意义？不但如此，牠们可有什么食物或经验或救济，可以贡献给猎海豹的爱斯基摩人，给小舟中的南洋群岛土人，给渔人，装卸工人与脚夫？

我们的天性位置在中央，关系非常广泛。如果我们要真正地表现我们那天性，而不仅只要这古老的，记载的全是我们已经阅读得太久了的自私与骄傲的历史，我们必须将历史写得更阔大深沉——经过一种伦理的改革，由那永远新鲜，永远具医疗性的良心注入新血液。在我们看来，这未来已经存在了；在我们不知不觉间，它的光明照耀着我们；但是科学与文学的道路并不通向大自然。愚人，印第安人，小孩与未受过教育的农家子，倒比解剖学者或是古物学家，站得离那可以阅读大自然的光明近些。

〔注释〕

[1] Alcibiades，纪元前五世纪雅典政治家，军人，屡次倒戈。

[2] Catiline，纪元前一世纪罗马政治家，无恶不作。

[3] 先知约书亚率以色列人入迦南，在基遍战场祷告上帝使日头停止移动。

[4] Giovanni Battista Belzoni（1778－1823），义大利探险家。

[5] Herodotus，纪元前五世纪希腊历史家，世称史学之祖。

[6] Thucydides，纪元前五世纪希腊历史家，曾躬与Peloponnesus 战役，著有战史八卷。世称为批判的历史之祖。

[7] Xenopon（434－355 B.C.），希腊历史家及军事家，苏格拉底的弟子。

[8] Plutarch（46－120），希腊传记作家，道学家。

[9] Pindar（522－488 B.C.），希腊抒情诗人。

[10] Phocion（402－317 B.C.），雅典政治家，军人。

[11] Guido Reni（1575－1642），义大利名画家，在罗马Rospigliosi 宫绘有壁画名《曙光的女神》（*Aurora*），写女神在太阳神战车前撒花。画今犹存。

[12] Roos，十七世纪德国艺术画家，以风景画及动物画著名。

[13] 义大利佛罗伦斯著名教堂。

[14] Heeren（1760－1842），德国历史学家。

[15] 希腊悲剧作家 Sophocles（496－406 B.C.），所著关于古

希腊名射手 Philoctetes 的悲剧。

[16] Hafiz，十四世纪波斯著名抒情诗人。

[17] Lodovico Ariosto（1474－1533），义大利诗人，著有 *Orlando Furioso* 咏中世之骑士。

[18] Sir Walter Scott（1771－1832），英国小说家，诗人，著述甚多，我国最熟悉者为《撒克逊劫后英雄传》（*Ivanhoe*），有中译本。

[19] Prometheus，希腊神话中人类文化之创造者，因盗天火使地球赋有生命，改造人类，致惹怒 Zeus 神，被禁 Caucasus 山，日命秃鹰啄食其肝以苦之，终不屈，后 Hercules 释之。

[20] Antaeus，希腊神话中之决斗家，力大无穷，战无不胜，地为其母，著地则其力倍增，后 Hercules 不使著地而扼杀之。

[21] Orpheus，希腊神话中之名音乐家，弹琴能感动禽兽金石。

[22] Tantalus，希腊神话中人物，触犯天神，被罚立水中而无法掬饮，有鲜果悬头上而无法取食，饥渴交煎，痛苦万状。英文字 tantalize 即由此得来。

[23] Lord Tabolt，莎士比亚《亨利第六》第一部主角，率英军与法国圣女贞德（Joan of Arc）作战，后援军未到阵亡。本文所引一节，系该剧本第二幕第三景中，泰尔勃特被俘回答 Auvergne 伯爵夫人时，讥笑其仅能俘得"泰尔勃特的影子"，而未能俘得其"本质"。

[24] Pierre Simon, Marquis de Laplace（1749－1827），法国天文学家兼数学家，著有《天体力学》（*Mecanique Celeste*），对物理学亦颇多贡献。

[25] Joseph Louis Gay-Lussac（1778－1850），法国化学家

兼物理学家，发明气体膨胀定律，气体反应定律，通常亦称 Gay-Lussac's Law。

[26] George Frederick Handel（1685－1759），德国音乐家，后入英籍，称圣乐（Oratorio）之祖，作品甚多，最著名之圣乐为《弥赛亚》（*The Messiah*），举世歌诵。

[27] James Watt（1736－1819），苏格兰人，发明蒸气机。

[28] Robert Fulton（1765－1815），美国发明家，以蒸气机原理应用于船舶上。

[29] Sir Richard Arkwright（1732－1792），英人，发明纺织机。

二 喜剧性

人类几乎是普遍地爱好谐趣，是自然界唯一的会开玩笑的生物。石头、植物、野兽、鸟，它们从来不做什么可笑的事，如果有什么荒诞可笑的事在它们面前发生，它们也毫不露出有理解力的表示。自然界万物中最低级的不说笑话，而最高级的也不。"理性"宣判它的无所不知的"是"或"否"，但是从来不管其中的程度与部分；然而部分与整个的本体相较，即是笑的起源。

亚里斯多德给"可笑"下的定义是："与时间与地点不配称，而又没有危险性的事物。"如果有痛苦与危险，它就成为悲剧性的；如果没有，就是喜剧性的。这定义虽然出自一个可钦佩的下定义的名手，我承认我并不对它感觉满意，它并没有说出我们所知道的一切。

一切笑话，一切喜剧的本质似乎是：半隐半显，然而是诚实地，善意地；我们假装要做甚么事，却不去做，而一方面仍旧在那里大声嚷着要做。智力遇到了阻碍，期望遇到了失望，智力的连贯性被打断了，这是喜剧；而它在形体上表现出来，就是我们叫做"笑"的那种愉快的抽搐。

除了极少数的例外——几种鸟兽的诡计——自然界里没有半

幻半真，没有似隐似现，直到人类出现。没有知觉的生物，才执行智慧的全部意志。一棵橡树或是栗树从来不去做它不会做的事；即或在植物学里确是有一种现象，我们称它为"停止发育"，但是那也是大自然的一种作用，在智能方面看来，它也是同样地完整，在各种不同的境况下完成了更进一层的作用。同样的规则也适用于兽类身上。牠们的活动显示永远正确的见识。但是人，因为能够有理性，就能观察到一件事物的全部与一部。理性是全部，而一切其他的东西都是一部份。整个的大自然对于整个的思想都是适合的——也可以说，对于理性是适合的；但是你把大自然的任何一部份分开来，试着将它单独看作大自然的全部，那就是荒诞的感觉的起源。幽默——那永久的游戏——就是体贴地，和蔼地观看每一件存在着的事物，超然地，就像你看一只老鼠，将它与永恒的整体比较；你欣赏每一个自满的生物在那毫无情义的宇宙内顾盼自若的姿态，为它祝福，然后遭开它。某一个人的形体，一匹马，一个萝卜，一只面粉袋，一柄伞——任何物件，你把它与一切事物的关系隔离开来，默想它单独地站在绝对的大自然里，它立刻变成喜剧性的；无论多么有用，多么可尊敬的品质，都不能把它由滑稽的局面挽救出来。

因为人有理性——也就是那"整体"——所以人的形体是"完整"的表示，向我们的幻想力暗示真与善的完美，用反衬的方法暴露出任何半隐半显的，不完全的东西。完美与人的形体之间有一种基本的联系。但是等到实际的人登场时，如果发生的事情并不能使这期望实现，我们的理智立刻看出那矛盾之点，表现在外面的就是肌肉感到的刺激——笑。

理性不说笑话，有理性的人也不；一个先知，在他的内心里道德的情操强于一切——一个哲学家，在他的内心里，对于真理的爱好强于一切——他们不说笑话。但是他们给我们带来一个标准，一个合于理想的整体，暴露一切实际上的缺点；所以最好的笑话是以理解力，从哲学家的观点，同情地默想某些事物。在实际生活里，最真实深刻的笑话是：一个纯粹的理想主义者在那些社会制度中串来串去，由一个世故很深的人陪伴着他，那人一方面同情那哲学家的观察，一方面也同情那些败露了的，躲躲藏藏的制度，同情它们的慌乱与愤怒。他看出内中的矛盾，他的眼睛不停地从那些规则上溜到那些不正当的，说谎的，偷窃的事实上，这使人笑出眼泪来。

这是人生的基本的笑话，也成了文学的基本的笑话。在一切动作里存在着正义与真理的理想，而在实践中却有无数的缺欠，这使我们良心上感到悔恨，在我们的情趣上，是觉得这是悲剧性的，而在我们的理智上，是觉得这是奇特可笑的。我们的同情心的活动也许会暂时妨碍我们理智地看清这件事实，从中得到笑乐；但是一切谎言，一切罪恶，只要是从够远的距离外看到它们——从某一个观点看来，不会引起我们道德上的同情心的干涉——它们就成为滑稽可笑的。喜剧是识者看出了矛盾之点。有一个理想存在，就显露出理想与事实之间的分别；而每逢那理想具有形体，有一个可以看得见的人来代表它，就更加强了喜剧性。所以莎士比亚里的福尔斯塔夫 [1] 是个最多才多艺的喜剧人物。他毫无保留地纵情声色，冷静地不理睬理性，而一方面又僭冒着理性的名义；又伪装爱国，伪装充满了父爱。但他这一切并不是故意欺骗人，而只是由欣赏那理性与"理性的否定"之间的混乱——换句话说，就是他所谓的"上流的流氓群"——使谐趣功德圆满。哈尔王

子 [2] 站在一边，代表敏锐的理解力，他看到"真相"，对它感到同情，而且正在年青力壮的时候能充分感觉到享乐的吸引力，所以他显然是有资格欣赏那笑话。而同时他过于在理性的控制下，所以他不像别的看客那样地觉得笑话可笑。

如果喜剧性的要素是观念与错误的演出在理智中的对照，那么我们看到这错误被暴露出来，很有充分的理由感到激动。我们最深切的利益是我们道德上的完整性，我们应当利用笑话来使我们注意到这一点，并且将我们所相信的任何谎话都予以打击，藉此唤醒自己。而且，能够看出滑稽之点，似乎是我们心理的构造中的一只保持平衡的轮盘。它仿佛是一个优美的个性里不可少的原素。无论在什么地方，只要智力是建设性的，就有它在那里。我们觉得即使是最高尚最智慧的人，如果缺少它，也是一个缺点。对于喜剧性的理解力，是与别人同情的联系，可以保证我们不会神经失常，保护我们不会有乖张的倾向与阴郁的疯狂——那些优秀的有智力的人有时候会在里面迷失了自己的病象。一个无赖汉，只要他还能够感觉到某些事物是滑稽的，他就还可以悛改。如果他失去了这种知觉，就无可救药了。

对于滑稽的感受确是可以太事过火。人们看出某一件事物半隐半显，与一个潜伏着的谎话，就以奇异的笑声的爆发来庆祝这种理解力。有些人对于这一类的印象敏感到痛苦的程度。如果他们在一间房间里，有一个诙谐风趣的人走了进来，他们立刻情不由己的脸上与腰间猛烈地痉挛着，喉咙里喧闹地吼叫着。那风趣的人如果向他耳语，这样的人往往像一个甘心情愿的殉道者一样，凑上去承受着。这样的事我们常常看见，我们的同情也决不是伪装的。如果是在一个庄严的集会里，这发射下的牺牲者的神气，很像一只坚固的船，刚刚有一个巨浪打上了甲板；船虽然没有裂开，可是暂时很危险地摇摆着。为了社会的治安与餐桌上的礼仪，似乎应该在一个著名的风趣的人旁边安置一个迟钝的，腰板笔挺的人，能够毫不动容地忍受这种炮火。它确是阿波罗的一枝箭，穿过这宇宙，除非它遇见一个神秘的信徒或是一个阴郁的人，无论到哪里都有微笑与敬礼作为它的先驱。风趣自能引起人们的欢迎，使一切区别都化为平等。庄严，学问，坚强的个性，全都不能抵抗好的风趣。它像冰；在冰上走过，无论是怎样美丽的形体，威严的姿态，都没有特权——他们必须小心翼翼地走着，遵守冰的法则，否则他们就要跌倒了，斯文扫地。"只因为你是有德行的，你就板起脸来，以为世上从此就不许有愉快的享受了？"普鲁塔克愉快地论述笑话的价值，作为哲学家的一种合法器械。"人只有在发言的时侯才能够运用修辞学，但是即使在沉默的时候或是愉悦地说笑话的时候，也可以运用他们的哲学。不公正而外表好像公正，是极度的不公正；同样地，研究哲理而外表不像研究哲理，在嬉笑中做成别人严肃认真地做的事，这是最高的智慧。正如尤利辟蒂斯 [3] 的戏剧里，巴克人虽然没有铁制的工具，也没有武装，竟用他们扛着的树枝打伤了侵略者；同样地，真正的哲学家的笑话与愉悦的言谈，能够感动一切不是完全无知觉的人，并且能例外的改造他们。"

在生活的每一部门里，发笑的原因是耳朵与眼睛看到听到言语的外表，并且保留着这印象，而一方面向我们的灵魂泄露了它的意义。于是，宗教的情操既然是我们的一切情操内最重要最崇高的，能够发出莫大的影响，所以如果这情操不存在，而由动作或是言语或是职司擅自代表它，这使我们整个的天性都感到深恶痛绝。我们在感情上感到震骇，并且因此觉得悲伤。但是在智能上，缺乏宗教情操并不使人痛苦；智能将崇高的观念与那冒充它的虚张声势不停地比较着，两者不相称的感觉就是喜剧。而且因为宗教的情操是大自然里最真实最恳切的东西——它仅只是一种忘形的情景，出现的时候就排斥了一切其他的顾虑——因此，污损它就是最大的谎语。所以文学里最古老的嘲讽就是讥刺虚伪的宗教。这是最可笑的笑话。在宗教里，情操就是一切；仪节或是仪式是无足重轻的。但是，当那情操停止活动的时候，人的惰性就驱策他们去模仿它所做的那件事；他们演出那一套仪式，只略去内中的意志，他们将假发误认为头，衣服误认为人。错误的年代越久，形式越发展得庞大，在我们的智能上就越觉得它可笑。约翰·斯密斯舰长，发现新英格兰的人，是相当幽默的。曾经资助教会向野蛮人布教的伦敦会团，无疑地是希望当时的基奥克人，黑鹰人，吼雷人，特斯塔诺人 [4] 都笃信耶教，至少成为教会委员与执事。他们纠缠着那英勇的游历者，常常从英国带信给他，涉及向印第安人传教，与扩大教会的事。斯密斯感到为难，不知道怎样能使那会团满足。如是他派遣一队人到沼泽中去，捉了一个印第安人，将他在下一只船上就送回伦敦，告诉那会团他们可以自己设法使他皈依基督教。

宗教的情操命令人应该怎样处世为人，而当教会所表现的却正和它相反的时候，讽刺就达到了最高潮，像《胡帝卜拉斯》[5] 一书中对于清教徒的政治的描写——

　　　　我们新英格兰的同胞们
　　　　惯常原宥他们所需要的罪人，

而将无辜的，教会所不需要
的人作为他们的替身来处绞。
最近有个城里住着个皮匠，
只有他一个人干这个行当，
他能够在教义中找到实际效用，
不但补皮鞋，连人生也能补缝。
这宝贝教友，他在和平的时期
杀了个印第安人，并非出于恶意，
而仅只是由于热诚，
（因为他不信奉真神）。
伟大的托蒂泡蒂摩依酋长，
派了使者将我们的长老来拜访，
大声抗议说我们违反
派祺教友公布的盟约条款，
约束双方教会的法令
被我们破坏净尽，
因此他要求将罪人移交
给他，或是将罪人处绞。
但是他们考虑得审慎周详，
他们只有这一个人干这一行，
（一个人兼有双重的职务，
讲道而又把皮鞋修补。）
决定赦免他，但是一方面
也不能让那印第安人负屈含冤，
将一个老织工做他的替身，

将那卧病的老织工处绞刑。

在科学里，嘲笑腐儒，也就类似于宗教里的嘲笑迷信。学者仅只用一种分类的名词或是专门名词来作为他最近上的一课自然法的备忘录，他自认这是一种权宜之计，仅只是露宿一夜，暗示明天还要行军，征讨——但是由于我们的惰性，它竟成为一座营房，一座监狱，人在里面坐了下来，一动也不动，还想把别人也扣留下来。生理学家坎帕[6]幽默地承认他的研究影响到他普通的社交，使它脱节。他说，"我研究鲸类，已经有六个月了；我明瞭这些庞然大物头部的骨骼构造，而且将它与人类的头部完全联合在一起，以至于我现在觉得每一个人都像海犀，海豚，或是白鲸。女人，交际场中最美丽的，以及那些我认为不太漂亮的，在我眼中看来她们全是海犀或海豚。"我听到过一句话："疾病的规律也和健康的规律一样美丽。"前些日子我刚巧遇到这句话的一个奇特的例证。我正匆匆地去访问一个我很尊敬的老友，听说他已入弥留状态，路上却遇见他的医生，那人很高兴地招呼我，喜悦在他的眼睛里闪闪发光。"我的朋友怎样了？"我问。"哦，我今天早晨看了他的；那是我所看见过的最正确的中风症；脸与手作青黑色，呼吸发出鼾声，一切病象都是完美的。"他愉快地搓着双手，因为在乡下，我们不是每天都能找到这样一个病人，病症与书上的诊断完全符合。有一个非常无聊的故事相当流行，我认为里面含有恶意；我疑心它对于我们自然史学会的弟兄们寓有某种讽刺，否则我也不会注意到它。它是说一个孩子在那里学习字母。"那字是A，"教师说；"A，"那孩子拖长了声音说。"那是B，"教师说；"B，"孩子拖长了声音说，于是就这样继续下去。"那是W，"教师说。"该死！"孩子叫喊起来，"那就是W么？"

文学上的迂腐也属于同一种类。在这两种情形下，同是说谎——心灵抓住一个分类来帮助它较真切地了解那事实，然而随即停顿在那分类上；或是为了要更进一步了解人们而学习一种语言，读书，然而随即停顿在语言与书本上；在这两种情形下，学习的人都仿佛是智慧的，而并不是。

穷人撑场面，也是同样的情形——说谎；而由于一种伪装的外表没有兑现，使我们心情混乱，不知道应当同情哪一方面——这使我们对于贫穷的不断的讽刺更加尖锐化；因为根据拉丁文的诗与英文的打油诗：

> 贫穷最大的坏处，
> 是使人变成滑稽可笑。

在这例子里，半隐半显的地方就是当事人觉得因为他们的境况该得到同情。如果一个人并不以他的贫穷为耻，那就不成为笑话了。一个最穷的人，如果他站稳立场，做一个堂堂男子，就毁灭了那嘲讽。圣徒的贫穷，专心一志的哲学家与赤裸的印第安人的贫穷不是喜剧性的。人向他的外表投降，就是说谎，就仿佛一个人忽略他自己而以无限的尊敬对待他墙上的影子。这给我们一种奇异的感觉，就像是看见东西颠倒过来，或是看见一个人在大风中追赶他的帽子，那永远是奇突可笑的。当事人的关系倒了过来——帽子暂时成了主人，旁观者为帽子喝采。在文明生活里，人造的种种需要与花费的增加，与一切琐碎的形式的夸张，造成无数的时机让这种矛盾来暴露它自己。人们传说的画家艾斯忒莱的故事就是这样的。有一天，他和一群人到罗马的近郊漫游，天气很热，他的同伴们都脱掉了外衣，而他拒绝脱去，继续汗出如沈。这引起大家的议论，于是他的同伴们开玩笑地剥掉他的外衣。看呀！在他那件背心的背部，一个愉快的小瀑布轰雷似地流下来，溅到岩石上，发出白沫与虹彩，在这样闷热的天气里非常使人神清气爽——是他自己的一幅图画，这可怜的画家用画来补足他服装上的缺点。我们的理智感到惊异——因为"人"的房屋或是他的车马仆从涉及某种迷信，竟使"人"在大自然里失踪了；仿佛真与善都被它们所穿的衣服把它们从宇宙中驱逐出去。这种惊奇的感觉，就是一切关于著名的纨袴子与时髦人的笑话的秘诀；这也适用于狄德乐[7]笔下的蓝摩，他什么都不相信，只相信饥饿，相信艺术与道德与诗歌的唯一目的，就是放一点东西在上下牙床之间以供咀嚼。

所有这些例子，与无论哪一种怯懦或是恐惧的例子，不论巨细，从丧失生命到损失一只匙子——在这一切情形下，人的尊严同样地被亵渎了。凡是一切事物都应当替他们服务的人，也为他们自己的一件工具服役。在精美的图画里，面部表情从头部放射到四肢里。拉斐尔[8]画的《天使把希黎峨道勒斯赶出圣殿》，盔上的羽毛画得那么好，要不是因为面容具有异常的精力，就嫌太引人注意了；但是天使的面貌压倒了它，所以我们看不见它。在坏的图画里，四肢与身体减低面庞的价值。街上的女人也是这样，你会看见一个女人，她的帽子与衣服是一件东西，而她自己又是另一件东西，同时又带着一种表情，仿佛她柔顺地屈服于她的帽子衣服之下；又有另一个女人，她的衣服顺从而且衬托出她形体的姿态。

每逢一个人顾虑到自己的外表，面貌，体格与态度，就又多了些喜剧资料。这些仪表，态度，都是应当听其自然的；没有风格是最好的风格。巴黎的社交界流行的笑话大都是取笑这件事——拿破仑认为这些笑话是可畏的，在法国名人的回忆录里也记载着许多这一类的笑话。一个地位很高但是身材极瘦的女人，给杜洛乐依伯爵夫人起了个绰号，"三色旗下的近卫兵"，暗讽她的高个子和她对共和政体的主张。伯爵夫人就报复，称这位夫人为"拉舍斯神父的爱神"——巴黎有一个拉舍斯神父墓园——讥诮她的骨骼，这绰号也传开了去。戈登公爵夫人说，"C爵士吗？呵，他完全是一把梳子，全是牙齿与背脊。"波斯人有一个关于帖木儿的有趣的故事，也是涉及这一类情形："帖木儿是一个丑陋的人，瞎了一只眼睛，跛着一只脚。有一天巧德夏与他在一起，帖木儿搔了搔头，因为是剃头的时候了，他下命令把理发匠叫进来。剃完了头，理发匠递给他一面镜子。帖木儿在镜子里看见他自己，发现他的脸太丑陋了。因此他开始哭泣；巧德夏也哭了起来，他们就这样哭了两个钟头。于是有些朝臣开始来安慰帖木儿，用奇异的故事给他消遣，使他完全忘记这件事。帖木儿停止哭泣了，但是巧德夏并不停止，他现在才开始大哭起来，而且非常认真。最后帖木儿向巧德夏说，'你听我说！我向镜子里看了看，看见我自己是丑陋的。所以我悲伤，因为我虽然是王，而且有许多财富，许多妻子，然而我这样丑陋；所以我哭了。但是你，你为什么哭得不停？'巧德夏回答，'如果你只看见过你的脸一次，一看见了就忍不住哭了起来，我们应当怎样呢——我们每天每夜都看见你的脸。我们不哭，该谁哭呢？所以我哭了。'帖木儿把肚肠都要笑断了。"

政治也供给我们一个同类的讽刺对象，那胸襟阔大的爱国的情操，将全国的人都认作同胞，还有比这更高尚的么？然而，一旦我们看出这种热诚结果只造成意义非常明显的商业规则，一切都是有代价的，我们的理智就又感到这仅只是半个人。又有人倡议我们应当不顾一切反对，拥护支持一种原则——还有比这更适当的事么？但是当那些叫我们选他们作代表的人出现的时候，我们一看见是些什么人，就惶惑起来，不知所措了。

这种分析简直是没有完的。每逢我们放弃我们自然的情操，我们无论一举一动都是可笑的。我们一切的计画，经营，房屋，诗歌，如果和人类所代表的智慧与仁爱比较起来，全是同样地有缺点，滑稽可笑。但是我们也不能随便放弃任何利益。我们必须从笑声里得到教训一样；探掘整个的大自然，不但包括楼上大厅里的诗人与哲学家的训诲，也包括楼窗下院子里的闹剧与打诨，于狂笑中得到休息，觉得神清气爽。但是喜剧性自身很迅速地就遇到限制。欢笑很快地就成为放纵，那人不久就会颓然而死，就像有些人被人呵痒致死。同一条鞭子鞭打着说笑话的与爱听笑话的人。正当喜剧演员卡里尼使整个的那不勒斯城的人都笑断肚肠的时候，有一个病人去找那城里的一个医生，治疗他过度的忧郁，他就快要死在忧郁症上了。医生努力使他精神愉快，劝他到戏院去看卡里尼。他回答，"我就是卡里尼。"

〔注释〕

[1] Falstaff, 莎士比亚戏剧 *Merry Wives of Windsor* 及 *Henry IV* 中人物，胖大，有机智，爱吹牛，轻率无礼。

[2] Prince Hal 在 *Henry IV* 剧中即 Prince of Wales。

［3］ Euripides，公元前五世纪希腊名悲剧诗人。

［4］ 均北美洲印第安族名。

［5］ *Hudibras*，十九世纪英国作家 Samuel Butler 所作讽刺诗。

［6］ Pieter Camper（1722－1789），荷兰博物学家，解剖学家。

［7］ Denis Diderot（1713－1784），法国哲学家，作家，百科辞典主编人。

［8］ Raphael（1483－1520），义大利名画家。

三　悲剧性

一个人如果从来没有参观过痛苦的展览所，那么他只看见过半个宇宙。正如海洋的盐水盖满了地面的三分之二以上，忧伤也同样地侵蚀人的幸福。人们的谈话全是些遗憾与忧惧的混合物。似乎在闲暇的人的眼中看来，一般的事物都带着忧郁的色彩。在逆境中，我们的生存似乎是一种自卫的战争，挣扎着反抗那侵略性的宇宙，它威胁着要立即吞没我们，连这短期的缓刑也觉得不耐烦。我们剩下的产业多么贫乏；我们剩余的活力多么微薄！灵魂仿佛已经缩小它的领域，由于失去记忆力，它退到更狭窄的墙垣内，放弃它播过种的田地，任它湮没毁灭。我们自己的思想与语句已经听上去很生疏异样了。回忆与希望同时减缩。从前我们笑着跳起来执行的那些计画，现在我们对着它只感到困倦，想在雪地里躺下来。在平静的时候我们也没有太多的毅力。我们不敢轻于放弃任何利益。物质上或是精神上的财富，即使我们现在并不需要它，也成为准备金，预防明天或者会到来的灾祸。人们普通都一致认为有些国家的国民性比较阴沉，我们可以说历史上没有记录过任何社会像我们这样地容易感到沮丧。哀愁紧紧黏附在东半球与西半球的英格兰民族的心灵上，就像它黏附在风奏琴的弦上一样。男女在三十岁或者更早的时候——就失去了一切弹性与活泼，如果最初的事业失败了，他们就撒手不干。或者我们与我们近旁的人都是有几分脆弱性的，但是无论如何，一种生命的理论如果不把罪恶，痛苦，疾病，贫穷，不安全，分离，恐惧与死亡的价值计算进去，它绝对不会是正确的理论。

人性中突出的悲剧因素是什么？生命中最苦痛的悲剧因素——生自一种智力的来源的悲剧因素——是相信一种残酷的命运或是定数；相信大自然与事件的秩序是被一种法律所控制着，这法律坚持到底，并不是适应人类的，人类也不适应它；如果人的愿望恰巧与它走一条路线，它就为他服役，如果他的愿望与它走相反的路，它就毁灭他；无论它服役他还是毁灭他，它都毫不在意。这可怕的意义就是古希腊悲剧的基础，也使伊底巴斯[1]与安蒂刚尼[2]与奥莱斯蒂斯[3]成为我们惋伤的对象。他们必须死亡，而上面也没有一个更高一级的神来阻止或是缓和这可怕的机器，它磨碾着，声如雷鸣，将我们卷入它可怕的系统中。东印度神话之所以永远萦绕在我们的幻想里，也是由于同一种观念所造成的一种使人瘫软的恐怖。土耳其人的宿命论也是同一种思想。有些人没有受过教育，也没有反省力，宗教的情操对于他们也没有多大影响，凡是这种人，我们发现他们都有一种迷信的特征："如果你阻碍水，下次你就要淹死了；""如果你数十颗星，你就会倒下来死去。""如果你泼撒了盐，""如果你的叉子落到地下，笔直站着，""如果你把天主祈祷文倒过来念。"——诸如此类，各种的刑罚，完全不是基于事情的本质，而是基于专横的意志。但是这种恐怖——怕违背一种我们所不知道，也无法知道的意志——这种恐怖只要一经反省，就不能存在：它在文明时代就消灭了，并且无法再产生，就像我们无法再产生童年对于鬼的恐怖。它与"哲学上的必要"的学说的分别在这里：后者是一种乐观主义，所以那痛苦的个人发觉他是全宇宙的一部分，全宇宙的福利中也顾念到他的福利。但是在命运里，被执行的并不是全体的福利或是最好的意志，而只是某一个特殊意志。其实命运完全不是一种意志，而是一种庞大的狂想；而这是有真理性的心灵里恐怖与绝望的唯一基础，也是文学里唯一的悲剧基础。所以我们永远不能再产生基于这信仰上的古典悲剧。

理性与信心造成一种较好的大众的和私人的传统；此后，悲剧的因素就稍稍受限制了。然而永远总还有这种现象遗留下来：这世界的规律妨害我们私人的满足。那些规律建立了大自然与人类，而不停地阻挠愚昧的个人的意志，其所采的方式是疾病，穷困，不安全，与不团结。

但是在我看来，悲剧的要素并不在任何可以列举的凶恶，饥荒，热病，无能，残缺，苦痛，疯狂，离散——我们列举这一切之后，还没有列入正当的悲剧因素，那就是恐怖。恐怖并不属于某种确定的凶事，而是属于不确定的凶事；它是一种不祥的精灵，缠绕着下午与夜间，懒惰与孤独。

一个卑鄙的形容枯槁的鬼怪坐在我们旁边，"设计着某些不确定的罪恶"——一个不祥的预感，一种幻想力，能够使有秩序的愉快的事物脱节，把它们重新排列过，使我们看了吃惊。听！夜风里吹来什么声音？那座房屋有一种友善的气氛，里面却有人叫喊"救命"；你看，这些顿足的脚印，隐藏的暴动的迹象。偷听到的密谈，侦察到的自语，恶意的瞪视，没有理由的恐怖，怀疑，一知半解与错误，使人们的额前罩上阴影，心变冷了。因此，最为了这些原因而痛苦的是这一种人：本性不清晰，观察力不迅速稳定，个性有缺点，有些东西别人都看得见，只有他看不见。引起我们极度的怜悯的人，他们的悲剧似乎是由性情组成，而不是由事件组成。有些人对于悲伤很有胃口，愉快是不够强烈的，他们渴望痛苦；他们的胃有抗毒力，必须吃有毒的面包；他们是天生注定了命苦，无论怎样的繁荣，也无法安慰他们紊乱的哀愁。他们听错，看错，他们怀疑，惧怕。他们握弄树丛中的每一棵多刺的荨麻与常青藤，踏着草地上的每一条蛇。

> 如果有一个坏机会来临，
> 我们就把我们的力量加在它身上，
> 我们教它狡猾，教它滋长，
> 让它践踏着我们向前迈进。

那么，说老实话，一切悲哀都属于一个低卑的领域。它是浮面的；大部分是梦幻的性质，或是属于外表而不在事物本身里。悲剧是在旁观者的眼中，而不是在受痛苦的人的心里。它看上去像一个无法承担的重负，连大地也在它底下出声呻吟。但是你分析它；不是我，也不是你，永远是另一个人在受苦。如果一个人说，看哪！我痛苦——显然他并不在受痛苦，因为悲伤是喑哑的。它分配给众人的份量总不到使他们毁灭的程度。有一种悲哀能够撕毁你，然而它总落到较坚韧的质地上。看上去仿佛是不可忍受的谴责，或是配偶或子女的死亡，并不使那被谴责的，那丧失配偶或子女的男人女人吃不下东西，睡不着觉。有些人超出悲伤之上，又有些人够不上悲伤。很少人能够爱。性情迟钝淡漠的人遇到了不幸是毫无感觉的，性情浅薄的人遇到了不幸，他的感情仅只是演说式的做作。悲剧必须是一件我能够敬重的东西；好出怨言的习惯并非悲剧。例如古代风声鹤唳，草木皆兵的故事；怕鬼；一个人在冬天午夜在原野上突然被一种恐怖所侵袭，怕他会冻死；一个家庭在夜里听见地窖里或是楼梯上有些不确定的声音，感到恐惧——这些都是使我们膝部颤抖，牙齿震震作声的恐怖，然而并不是悲剧，正如晕船并不是悲剧，而晕船也可以使人丧失生命。它是充满了幻象。它来到的时候，自有支持它的东西。最容易遇到危险的人们，兵士，水手，赤贫的人，也绝对不缺乏血气。人的精神是从不辜负自己的，它在任何情况下也找得到支持它的东西，它学会在所谓灾难中生活，也就跟在所谓幸福中一样安逸；正如最脆薄的玻璃瓶，如果它装满水，就能够在河底托住上千磅水的重量。

一个人不应当将他心境的宁静寄托在外界的事物上，应当尽可能地把缰绳握在自己手里，轻易不容许自己感到喜悦与悲伤的极端的感情。有人观察到塑像艺术最早的作品是崇高的宁静的面容。埃及的狮身人面兽——它们今天还坐在那里，就像它们从前那时候坐在那里：希腊人来了，看见了它们，走了；罗马人来了，看见了它们，走了；现在来访问它们的土耳其人，英国人，美国人都走了的时候，它们也仍旧会坐在那里，"它们冷眼注视着东方与尼罗河。"——它们的面容表现满足与宁静，一种健康的表情，它们的长命不是偶然的，它们证实历史自古就判决那民族是永久长存的，"他们能够静坐，这就是他们的力量。"人体的这种建筑上的稳定性，又由希腊的天才给它加上一种理想的美，而并没有搅乱那沉静的封印；不许有剧烈的感情，欢笑或是愤怒或是痛苦。这是和人性逼真的。因为在人生里，动作是稀少的，就连意见也稀少，祈祷也稀少；也难得有爱与恨，或是灵魂里放射出来的任何感情。大部分的时候，生命所要求于我们的不过是一种均衡，一种机敏，张开着的眼睛和耳朵，自由的行动。社会要求这个；真理，爱，与我们生命的本性也都作同样的要求。有些人的内心里有一种火焰，需要发泄在某种粗野的动作上；他们对于安静感到不耐烦，他们将这种心理表现在一种不规则的步伐上；表现在不规则的，讷讷的，杂乱无章的言辞上，小题大做。他们以悲剧化的态度对付琐事。这是不美丽的。他们还不如去砌几丈石墙，发泄掉这过度的暴躁。两个陌生人在大路上遇见，每人对于另一个人的要求是：他的神色中应当表现一种坚定的意志，准备应付任何事件，或好或坏；随时适应紧急需要，同样地有准备可以给人死亡或是给人生命。我们必须像客人一样地在大自然中行走；不是激动地，而是冷静地，洒脱地。一个人应当审判"时代"，他的面部表情应当像一个正直的审判官，表示他没有任何成见，什么都不怕，甚至于什么都不希望，他只凭大自然与命运的功过来判断它们：他要等这案件辩论终结，然后决定。因为一切哀愁，正如一切热情，都是属于外表的生活。一个人如果没有根基，没有在神圣的生命里生了正当的根，他就凭藉着一些感情的葛藤，依附着社会——也许依附着社会中最好最伟大的一部分，而在平静的时代也并看不出他是随波逐流，没有下锚；但是只要社会中发生任何震动，有任何习俗上法律上意见上的革命，他那种永久性立刻动摇了。在他看来，他的邻舍们的混乱也就是全宇宙的混乱；又变成混沌世界了。然而事实是：他早已是一只漂流着的破船，后来起的这一阵风不过向他自己暴露出他流浪的状态。如果一个人是有中心点的，在他看来，人物与事件都忠实地反映他预先在自身里面发现的一切。如果社会里出了任何横逆或放荡的事件，他就会与别人联合起来，防止这种危害，但是这一类的事并不使他怨恨或是恐惧，因为他可以看出它自有它不可超越的限制。他在罪恶最声势浩大的时候已经看出怎样可以即时矫正它。

个别的救济也可以随机应变地对付人类的灾难；因为这世界必定会保持均衡，它憎恨一切的夸张。

时间能够安慰我们，时间带来无数的改变，它使新的人物，新的衣装，新的道路侵入我们的眼帘，新的喉音袭入我们的耳鼓，于是它替我们拭干新流下来的眼泪。正如那在暴风雨中弯腰倒卧着的麦子，又被西风将它的头扶了起来，夜间纠结紊乱地躺在地下的草又被西风将它梳理整齐了，我们也让时间进入我们的思想中，像一阵干爽的风，吹进那黑暗潮湿的，麦茎都伛偻着的田野。时间使我们的思想恢复镇定与弹性。可能使我们终身残废的打击，我们多么快就忘了。大自然是永不休止的；新希望又产生了，新的爱情又萦绕着，破碎的又变成完整了。

时间能安慰我们，而人的气质能够抗拒痛苦的印象。大自然的防御工作与攻击的力量成正比例。我们人这样东西是非常柔韧的；如果它不能在这里得到满足，它就跑到那边去，在那里得到满足。它是像一条溪流，如果在这边岸上筑起堤来，它就泛滥了彼岸，并且随意地在沙上或是污泥或是大理石上都同样地流着。痛苦大都仅只是表面上的。我们幻想它一定是惨酷的；而那病人自有他的补偿。在疾病中尤其可以看出这自我适应环境的力量。名医却尔士·贝尔爵士说："我的责任是视察医院里的某种病房，那里所收容的病人全是患着一种疾病，最使我们在幻想中联想到不可忍受的痛苦与确定的死亡。然而这些病房里住的人显然并不缺少镇定功夫与愉快的精神。在我们看来，认为某种情况绝对没有任何附带的境遇可以缓和它的痛苦，而受痛苦的人自有一种神秘的均衡力，与那种情况对抗。"还有一种类似的情形可以用作补充：有一种人，他们的个性使他们大量地使用他们的身体与精神。拿破仑在圣海伦纳岛上向他的一个朋友说："大自然仿佛预算到我要忍受极大的挫折，因为它给了我一种气质，就像一块大理石一样。雷也轰不动它；箭仅只在上面溜过。我生平的大事在我身上轻轻滑过，丝毫没有伤害我的精神或体质。"

理智也是一种安慰，它喜欢将一个人与他的命运隔离起来，藉此将那受痛苦的人化为一个旁观者，将他的痛苦化为诗歌。它给予我们会话与文学与科学的种种快慰。因此生命的磨难也变成音韵悠扬的悲剧，有庄严的柔和的音乐，点缀着富丽的幽暗的图画。但是还有比艺术的活动更崇高的东西：纯粹的理智与纯粹的道义是没有分别的，两者都使我们心旷神怡，达到一种极高的境界，这些悲哀的热情的云雾是不能上升到那里的。

〔注释〕

[1] Oedipus，希腊神话中人物，Thebes 英雄，误弑其父 Laius 而娶其母 Jocasta，生有子女，发觉后其母自缢，伊底巴斯自剜其目。Sophoeles 著有悲剧 *Oedipus Tyrannus* 及 *Oedipus at Colonus* 纪其事。

[2] Antigone，伊底巴斯及 Jocasta 之女（见前注），性极孝，父盲后服侍无间至其死。后抗其舅父 Creon 之命为其兄举行丧礼，

被活埋。

[3] Orestes，希腊神话中人物，弑母以报杀父之仇，悲剧作家 Aeschylus 著有三部曲咏其事。

第三章　诗

编辑者言

　　大多数的诗人的作品都需要经过选择，方才显出他们的长处；爱默森的诗也不例外。但是已经经过甄别了，而且选择起来也毫无困难。爱默森最好的诗，一开始就发出朗澈的歌声。

> 我喜欢教堂；我喜欢僧衣；
> 我喜欢灵魂的先知；
> 我心里觉得僧寺中的通道
> 就像甜蜜的音乐，或是沉思的微笑？
> 然而不论他的信仰能给他多大的启迪，
> 我不愿意做那黑衣的僧侣。

　　充满了个性，发出这样清脆的音乐——从这里起，再也没有疑问了。有时候那音乐又回来了，有时候它不再回来。爱默森仿佛自己不一定知道他是否真地发出音乐。但是读者知道，他常常听到诗歌中独创一格的一种调子，使他感到喜悦。

　　爱默森特别擅长一种短促的神经质的对句，一种格言式的韵节。但他也是长句的能手；你看《紫陀萝花》《日子》。

爱默森的种种观念在他的诗里重新出现——除非他的诗是他那些观念的发源地，那就不应当说"重新出现"——但是那些诗不仅只是观念。例如《为爱牺牲一切》，它表现它的题材，采取的一条路线不知比爱默森老多少，与柏拉图一样古老；但是这里的语句的一种奇异的力量是由于爱默森有一种能力，不但能想到它，也能感到它，而且能将韵节敲到它里面去——

　　　　朋友，亲戚，时日，
　　　　名誉，财产，
　　　　计画，信用与灵感——

　　句子里带有他自己的一种迫切的感觉，他自己的绝对的信心。我们能记得那观念，是因为那音调。《悲歌》追悼爱默森在一八四二年失去的一个五岁的儿子。这一类的诗没有一首胜过它的，尤其是最初的两节。

一　问题

我喜欢教堂；我喜欢僧衣；
我喜欢灵魂的先知；
我心里觉得僧寺中的通道
就像甜蜜的音乐，或是沉思的微笑？
然而不论他的信仰能给他多大的启迪，
我不愿意做那黑衣的僧侣。

为什么那衣服穿在他身上那么能引诱，
而穿在我身上我却不能忍受？
菲地亚斯雕出可敬畏的天神的像，
并不是由于一种浅薄的虚荣思想；
刺激人心的台尔菲的预言
也并不是狡猾的骗子所编；
古代圣经中列举的责任
全都是从大自然的心中发生；
各国的祈祷文的来源
都是像火山的火焰，

从燃烧的地心里涌出的
爱与悲痛的赞美诗句：
多才的手弄圆了圣彼得堂的圆顶，
弄穹了罗马各教堂上的弧棱，
显出来一种阴沉沉的虔诚气息，
他没有办法摆脱上帝；
他造得这样好，自己也不知道，
那灵醒的石头变得如此美妙。

你知道林鸟怎么会用牠胸前的羽毛
与树叶来造牠的巢？
你知道蚌怎样增建牠的壳，
清晨刷新每一个细胞？
你知道那圣洁的松树怎样加增
无数新的松针？
这些神圣的大建筑也是这样起始，
爱与恐惧驱使人们堆上砖石。
地球佩戴着巴特农殿，非常骄傲，
将它当作她腰带上最好的一颗珠宝。
晨神急忙张开她的眼帘，
凝神着那些金字塔尖。
天空低下头来凑近英国的僧寺，
友善地，以亲热的眼光向它们注视。
因为从思想的内层中
这些奇妙的建筑升入高空；

大自然欢悦地让出地方给它们住，
让它们归化她的种族；
并且赐予它们高寿，
与山岳一样地永久。

庙宇像草一样地生长着，
艺术必须服从，而不许超过。
被动的艺术家将他的手出借
给那超越他的庞大的灵魂设计。
树立这庙宇的一种力量，
它也骑在里面跪拜的信徒们身上。
那火热的圣灵降临节，它永远
将无数的群众都围上一道火焰，
歌咏队使人听得出神，
祭司将灵感赋予心灵。

上帝告诉先知的语句充满智慧，
刻在石碑上，很完整，并没有碎。
预言家或是神巫在橡树林下
或是金色的庙中所说的话，
仍旧在清晨的风中飘过，
仍旧向乐意听的人低声诉说。
圣灵的言语在世界上虽然被忽视，
然而一字一句也没有失去。
我知道智慧的长老们的真言，

有一本圣经摊在我面前，
古代奥格司汀最好的著作，
还有一本书将二者贯通融合，
年代较近的"黄金口才"或宝藏；
作者泰勒是牧师中的莎士比亚。
他的话在我听来与音乐相仿，
我看见他穿着僧衣的可爱的画像；
然而，不论他的信仰给了他何等的先见，
叫我做那好主教我还是不愿。

二　紫陀萝花

（有人问我这花的来历）

在五月里，海风刺穿我们的寂寞，
我发现树林里一个潮湿的角落，
有新鲜的紫陀萝花，展开它无叶的花朵，
取悦于沙漠与迂缓的小河。
那紫色的花瓣落到池塘里，
使那黑水也变成艳丽，
红鸟或许会到这里来将牠的羽毛洗濯，
向花求爱——这花使牠自惭形秽。

紫陀萝花！如果哲人问你为什么
在天地间浪费你的美，
你告诉他们，如果有眼睛是为了要看的，
那么美丽自身就是它存在的理由：
与玫瑰争艳的花，你为什么在那里？
我从来没想到问，我从来也不知道，

但是我脑筋简单，我想着总是
把我带到那里去的一种大能，把你也带去了。

三　为爱牺牲一切

为爱牺牲一切；
服从你的心；
朋友，亲戚，时日，
名誉，财产，
计画，信用与灵感，
什么都能放弃。

它是一个勇敢的主人；
让它尽量发挥：
无条件地跟从它，
绝望之后又抱着希望：
它高高地，更高地
跃入日上中天的正午，挟着
不知疲倦的翅膀——
带着说不尽的意向；
但它是一个神，
知道它自己的途径，

与天空的一切出路。

它从来不为粗鄙的人而存在；
它需要坚强的毅力，
绝对可靠的精神，
不屈的勇敢，
它会报偿我们，
毅力可以带回来
更多的东西，而且
永远向上直升。

为爱离弃一切；
然而，你听我说：你的心
应当再听我一句话，
你的努力还要再加一把劲，
你需要保留今天，
明天，你整个的未来，
让它们绝对自由，
不要被你的爱人占领。

拚命抱住那姑娘不放松；
然而一旦她年青的心中
别有所欢——
她模糊地揣测着，
自己也感到诧异——

你还她自由，只当她从未恋爱过；
你不要拖住她的裙幅，也不要拾起
她从她花冠上掷下的
最苍白的一朵玫瑰。

虽然你爱她，把她当自己一样，
把她当作一个较纯洁的自己，
虽然她离去了使日月无光，
使一切生物都失去了美丽，
你应当知道
半人半神走了，
神就来了。

四 悲歌

南风带来生命，

太阳，与欲望，

向每一个山与草原上

喷着芳香的火；

但是他的权力达不到亡人身上，

失去了的，它无法归还：

我向山上展望，哀悼

我那永不会回来的爱子。

我看见我的空屋，

我看见我的树长出新叶；

而他，那奇妙的孩子——

他那野性的银样清脆的歌喉，

比深蓝的天空下任何震荡的声音都更有价值，

那风信子一样美丽的小孩，

早晨天亮，春天开花，

可能都是为了他；

那仁慈的小孩，他活在世界上

使这世界更美，

用他的脸庞报偿

慈爱的白昼的恩惠——

然而他失踪了，

白昼到处找他找不到，

我的希望追逐他，而系他不住。

白昼又回来了，南风到处搜寻，

找到小松树与萌芽的桦树，

但是找不到那萌芽的人；

大自然失去了他，无法再复制；

命运失手跌碎他，无法再拾起；

大自然，命运，人们，寻找他都是徒然。

我那聪明可爱的逃学的孩子，

你跑到哪里，跑到哪里去了？

几天以前我还有权利

看守你的行动，你在哪儿我总知道。

我怎么丧失了这权利，我犯了什么罪过？

你现在是否有一种新的愉快，而忘记了我？

我留心听你在家里的欢呼声，

呵，口齿伶俐的孩子！

你的声音是个尽职的信使，

传达你温和的意思。

虽然他说到的痛苦与欢喜

都是些稚气的东西，

适于他的年龄与见闻，
然而最美丽的女子，有胡须的男人
听见那样温柔，智慧，严肃，
甜蜜的要求，都喜悦地
弯腰服从他的吩咐，
从世务中抽出片刻的闲暇，
参加他亲切的游戏，
或是修补他藤车的框架，
同时仍旧千方百计
要再来听那悦人的喉音，
因为他很善于辞令，
他的话颇有劝诱的能力。

最柔和的保护人平静地注意
他幼年的愿望，他慷慨的风仪，
他们从他的眼光中得到启示，
如何使他的智慧适应现世。
啊，我还记得看见你上学堂，
每天这一件事都值得庆祝，
我胸中感到温暖，每天早上
看着那一队人上路，
那藤车里的婴儿
眼睛东看西看，面容静穆；
前后都是孩子们，
如同好读书的爱神；

而他是酋长，走在旁边，
他是这队伍的中心，
甜蜜，宁静，愉快的脸，
保护那婴儿，抗拒幻想中的敌人。
那天真的小队长，
走到哪里人们都向他凝望，
村中每一个长者都停下来看，
与那可爱的队伍交谈。
我向外面望着，倚着窗棂，
注视你那美丽的游行。
衣冠齐整庄严地行走，
有仙乐伴奏，
只有你听得见的一种音乐
将你导向同样高贵的工作。

我宝爱他，我得意，而现在徒然
仰望俯瞰，望眼欲穿。
那彩漆的雪橇依旧站在老地方，
那狗屋在一捆捆的柴薪近旁，
他收集的木棒，预备等下雪的时候
支持雪塔的墙；
他在沙中掘的不祥的洞，稚气地建造
或是计画着的城堡；
他每天去惯的地方，我一一看来，
养鸡场，棚屋与马厩，

与那神圣的脚踏过的
花园中的每一寸土地，
从路边到河岸——
他最爱向河中观看。
温顺的鸡群在牠们走惯的地方走动，
冬天的花园毫未改变；
小河仍旧流入溪中，
但是那目光深沉的孩子不在这里了。

那是个阴天，乌云笼罩，
天色阴暗更甚于风暴。
你天真的呼吸像鸟一样地升降，
你终于把呼吸交与死亡，
夜来到了，大自然失去了你；
我说，"我们是苦痛中的伴侣。"
天亮了，那亮光很不必要；
每一只雪鸟啾唧着，每一只鸡都叫，
每一个流浪者都上路了；但是那最美丽
最甜蜜的年青人的脚已然
离开了花园与小山——
他的脚是捆缚着，静止的。
每一只麻雀或是欧鸲，
每一茎成熟的谷物，
四季天时都将它照顾，
赋以生命与繁殖的浪潮。

宁可照顾鸟类的幼雏，

宁可照顾石上的苔藓与蔓草。

呵，上天是像鸵鸟一样地善忘！

呵，上天是为小失大！

难道不能派来一颗星？

天上难道没有看守的人？

无数的天使中没有一个

在那水晶岸上徘徊，

可以弯下腰来治愈那唯一的小孩，

大自然甜蜜纯洁的奇迹；

保存大地上的这一朵花——

一切的秋收也抵不过它。

我从来没说你是我的——不是我的，

是大自然的后嗣，

不是我创造的，而是我所爱

的人，被上帝卤莽地撕碎，掷开，

悲痛使我衰老，

因为你必须成为大自然的废料，

我悲痛，怨怼，是因为一个普遍的希望

消灭了，一切人都要怀疑，迷惘。

因为星辰似乎预言，

这小孩将要扫除无数年代的积弊，

用他奇妙的口才，有神助的笔，

将逃走的艺术女神带回人间。

也许不是他有病，而是大自然的病态，

是这世界失败了，而不是那小孩。

时机还未成熟，不能

抚育这样优秀的人才，

他凝视着太阳与明月，

仿佛他承继了他份内的产业，

他使我们怀疑旧秩序，

因为他充满了比这更伟大的思想。

他的美将人世的美尝了一尝，

它不能喂饱他，于是他死去。

他仿佛貌视似地退回去步行，

再等无数年代再投生。

这不吉的日子将他的美丽变成废料，

破坏了誓约，毁伤了这高尚的面貌。

有的人在死者旁边徘徊，

有的人在书中寻找安慰；

有的去告诉朋友们这消息，

有的去写作，有的去祈祷；

有的滞留着，有的匆匆走了，

但是他们的心都茫茫无依，

贪心的死神使我们全都丧失了亲人，

好让它扩大一个丧礼。

命运急切地把你带走了，

也带走了一大部分的我；

因为这损失是真正的死亡；

这是堂堂的人偃卧在地上，

动作虽然迟缓，但确是卧倒在地，

一个星球一个星球，逐渐把全宇宙都放弃。

呵，乐园的小孩，

你使你父亲的家成为可亲的，

在你深沉的眼睛里，

人们看到幸福的未来——

我太灰心了。

你离开了这可耻的世界。

你是真理与大自然代价昂贵的谎言！

你是我们所信任的预言没有兑现！

你是最丰富的财产遇到厄运的侵袭！

你是为未来而生的，而未来失去了你！

上帝深沉的心回答我，"你哭泣么？

如果我没有把你那孩子带走，还有别的原因

更值得你发泄你奔放的热情。

你是否也像有一种人

用老花眼凑得很近地注视，

认为物质世界上的美已经消失，

而你也失去了你的爱子。

古人没有教诲你么？

古人眼睛里的眼睛，看到天上

天使的无数阶层像一座桥梁，

跨过上帝与人之间神秘的深坑。

你四面包围着亿万的爱人，
而你现在要远离人群？
你们戴着面具，点缀大自然的狂欢节，
明天你们回去，把面具脱卸，
纯洁的人就会省悟，
被上帝点醒，会自动看出：
命运使他们结合的人，
命运无法拆散他们。
而你——我的信徒——你却涕泪涟涟，
我给了你视觉，你怎么视而不见？
我教育了你的心，超过
仪节，圣经，语言的限度；
只可意会，不可言传的一切，
都写上你心灵透明的简牒；
教你树立起一个个私人的记号，
为最辉煌的太阳所照耀。
你尽管在悲痛中诅咒上帝，
也不能否定大自然的心的神秘——
它是说不出的，使人无法相信的。
没有一种艺术能达出这些意义，
然而你的心与大自然的心胸一同跳荡，
一切人就都明白了，从东方到西方。"

我把你当一个朋友看待；

亲爱的，我没有派教师来，

而是送给你喜悦的眼睛，

与蓝天色彩调和的天真，

可爱的头发——一种神奇的东西——

笑声与树林中的雷声一样腴美；

一切艺术最烂漫的花枝，

让你与它单独相对：

正如伟大的博爱的日光

也照到最小的房间里一样，

你也可以与先知与救世主

与首领天天一同进餐；

你可以把玛利亚的儿子当作自己的儿子，

那小博士，以色列的模范。

你难道认为这样的客人

会在你家里长期休息？

奔流的生命会忘记它的法律，

命运的火炽的革命会停顿？

高深的预兆要聪明人去推详，

而不要你一遍遍地背诵不忘；

你要知道，崇高的天才会解散

那箍住凡人心灵的带圈。

思想的危险的回旋的潮水，

淹没了那防御不坚的堤岸；

柔弱的体质难禁，

精神就宣判死刑：
我的仆人死神以一种仪式为他觅解脱，
将有限的个人倾入那无限的大我。
爱潮在大自然中旋转流动，
你难道要把它凝冻？
那野性的星辰爬上它天空的轨道，
你难道要把它在半路上钉牢？
光若是光，它必须向四周放散，
血液若是血液，它必须循环，
生命若是生命，它必须生产，
而生命只有一个，虽然外表像有多种，
你难道要消灭它，使它木立不动？
将它前进的力量完全幽闭
在形体骨骼与容貌里？
没有人请教你，而你竟
喋喋质问那沉默的命运？
你看不出全宇宙的精神
控制个人的灵魂，
指挥它什么时候来，什么时候走，
它自己宣布它死亡的时候？
灵魂的神龛很美丽，凭魔法造成，
它是耐久的，可以受用一生；
是慈爱的上帝的杰作，然而
它也是那广大的理性的预兆
与征象——那理性比它还更美好。

你不肯开放你的心扉，

接受落日的启示，虹彩的教诲？

往古来今无数人的命运

日积月累，都作同样的断定——

大地的声音在大地上的回声，

心中火热的圣徒的祈请，

都同声说，"只要有上帝，

优秀的一切都是持久的；

你心爱的依旧存在，即使你的心脏化成灰；

你心爱的将要与你再相会。

你需要尊敬造物者；

观看他的风格，与天空的型态。

他的天堂不是用坚石与金子造成，

僵硬而寒冷；

而是柔软的芦苇的窠巢，

草花，与芳香的杂草；

或是像旅途中几乎被风吹跑的帐篷，

或是像风暴上面弯弯的一条虹，

用眼泪与神圣的火焰建造，

用美德努力以赴的目标；

天堂的本质是追求与推进，

不是已经完毕的事，而是正在进行。

迅捷的上帝静静地在破败的制度中

冲过，修复它们；大量地播种，

降福于荒凉的虚空，

在荒野中遍植万千世界；
用古代悲哀的泪水灌溉
明天才会成熟的林禽。
倒坍的房屋，入土的人，
都消失于上帝中，在神性中存在。"

五　日子

时间老人的女儿，伪善的日子，一个个
裹着的衣巾，喑哑如同赤足的托钵僧，
单行排列，无穷无尽地进行着，
手里拿着皇冕与一捆捆的柴。
她们向每一个人奉献礼物，要什么有什么，
面包，王国，星，与包罗一切星辰的天空；
我在我矮树交织的园中观看那壮丽的行列，
我忘记了我早晨的愿望，匆忙地
拿了一点药草与苹果。日子转过身，
沉默地离去。我在她严肃的面容里
看出她的轻视——已经太晚了。

六　断片

机智主要的用处是教
我们与没有它的人相处得很好。

为了要人人住在自己的家里，
所以这世界这样广大无比。

第四章　人物

编辑者言

爱默森关于个人的理论是他的思想的基本，而他最好的作品却写的是个别的人物。

关于蒙泰恩（Montaigne）的一篇散文是从《代表性的人物》中选出的，它的处理方法与论卡莱尔（Carlyle）的一篇（一八八一年）与那篇完美的纪念梭罗（Thoreau）的文字（一八六二年）都各各不同。三篇散文同是向文艺界名人致敬，但是风格都与题材相称。

论蒙泰恩的一篇，也泛论那伟大的怀疑者所评阅的宇宙——全凭机缘支配的，时时变动着的宇宙。

卡莱尔的画像是从爱默森自英国寄回的信札与他的日记中摘出的。

他对于梭罗的一篇素描，那神韵使人无法模仿；这一篇大部份是从他的日记中摘出的，爱默森在日记中描写他和那比他年轻些的朋友的多次散步，那友人是一个自然学家，同时也是个哲学家；然而它也是根据回忆写出的，同时也出于真挚的感情——他在梭罗的墓前感觉到大地失去了一个独特的心灵。他知道怎样用梭罗自己的话来表现他。怎样引用别人的语句，这是一种艺术，而从来没有人将这一点像爱默森在这里表示得这样清晰。

一 蒙泰恩——一个怀疑者

每一件事实都是一方面与感觉有关，一方面与道义有关。如果将思想比作一种游戏，那游戏的规则就是：这两方面有一面出现，就去找那另一面；有了上方，就去找下方。无论怎样单薄的东西也有这两面，观察者看到了正面，就把它翻过来看反面。生命就是掷这只铜板——"字"或者是"谜"。我们对于这游戏从不感到厌倦，因为我们看见另一面，看到这两面的对照，依旧感到一阵惊奇的震颤。一个人因为成功而得意，于是他想到这幸运的意义。他在街上讲价；但是他忽然想到他自己也是被买卖的。他看到一个美丽的人脸，就寻觅这美丽的原因，那必定是更美的。他创立家业，维护法律，抚育他的子女；但是他问他自己，为什么？要达到什么目的？这"字"与"谜"的哲学上的名词是"无限"与"有限"；"相对的"与"绝对的"；"表面"与"实际"；另外还有许多优美的名字。

每一个人生下来就有一种先天的倾向；接近大自然的这一面或是那一面；人们很容易的不是忠于这一面就是忠于那一面。有一种人善于观察区别，熟悉事实与表面，城市与人物，与某些事情的做法，他们是有才能的，干练的人。另一种人善于观察相同之点，他们是有信心与哲学的人，有天才的人。

这两种人都太莽撞。普洛梯纳斯[1]只相信哲学家；菲尼伦[2]只相信圣徒；萍达与拜伦只相信诗人。你读柏拉图与柏拉图派的著作，凡是说到一切不是专心研究他们那些莹澈的抽象观念的人，总是用一种高傲的口吻；别人都是老鼠。文艺阶级大都是骄傲的，排外的。颇普与斯威孚忒[3]的书信中将他们周围的人描写成怪物；与我们同一时代的歌德与席勒尔[4]的书信也并不怎样留情。

很容易看出这骄矜从何而来。天才对于任何事物的第一瞥，就表现出他的天才。他的眼睛可是创造性的？他是否不止看出角度与色彩，还看出布局？——不久他就会低估那件实际的事物的价值。在他才力旺盛的时候，他的思想已经将艺术与大自然的作品消融了，化成它们的原因，因此那些作品显得沉重，有缺点。他对于美的概念，是雕刻家塑不出来的。图画，石像，庙宇，铁路，汽机，都是先在艺术家的心灵中存在的；根据这观念造成的模型，或许有缺点，有错误，有摩擦，原来的观念却没有。教会，国家，大学，宫廷，社交圈，与一切的制度，也都是这样。所以这也是意中事：——这些艺术家还记得他们原来的观念的形状，与他们对这观念所抱的希望，因而他们轻蔑地断言观念比事实更优越。他们曾经一度观察到一个快乐的灵魂里面包含一切对世人有影响的艺术，他们就说：为什么要使这些观念实现呢？岂不是多余的？而且是一种累赘。他们像富于幻想的乞丐一样，就只当这些价值已经成立了，发言与行事都以此为根据。

在另一方面，有那些劳力的，经商的，享乐的人——那肉欲的世界（也包括哲学家与诗人的肉欲在内），与那实际的世界，（包括那些痛苦的劳作，一切人都不能避免的，哲学家与诗人也在内）——在另一面的重量很不轻。我们街道上的商人不相信什么形而上的原因，如果有一种力量使商人与一个经商的星球有存在的必要，商人们也不拿它当回事；完全不，他们只管棉花，糖，羊毛与盐。选举日的市区集会竞争得非常激烈，毫不怀疑这种投票的价值。热烘烘的生命向一个单独的方向流去。在这种肉欲世界上的人们看来，从体力与血气的观点看来；以及那些有实际力量的人们——当他们沉湎在实际的力量中的时候——在他们看来，信奉"观念"的人们都像是疯狂的。只有他们有理性。

事物永远有它们自己的哲学；它们的哲学就是审慎。每逢一个人获得一项财产，他同时总也学会一点算术。在英国——全世界自古以来最富庶的国家——产业与个人的能力比较起来，产业之被重视，较在任何别国更甚。一个人酒足饭饱的时候，信仰较少，否认得较多；真理失去了一些魅力。酒足饭饱以后，算术是唯一的科学；观念是使人感到困扰的，煽动性的，是年青人的傻想头，被社会上殷实可靠的一部分人所唾弃；我们渐渐地只看重一个人的强健与肉欲的性质。斯宾士 [5] 叙述有一天颇普和高德弗莱·聂勒爵士 [6] 在一起，他的侄子，一个在基尼亚经商的人，进来了。高德弗莱爵士说，"侄儿，你很荣幸，看到世界上最伟大的两个人。"那基尼亚商人说，"我不知道你们是多么伟大的人，但是我不喜欢你们的外貌。我常常买到比你们好得多的人，全身都是筋骨，只花十块金币。"于是，单凭感官的人向教授们复仇，以轻蔑报复轻蔑。前者把结论下得太早，说话过于夸张，逸出事实以外；其余的人则嘲笑哲学家，论磅秤人。他们相信芥末使舌头疼痛，辣椒是辣的，红头火柴容易起火，手枪是危险的，背带可以吊起裤子；他们相信送人一箱茶叶，含有很深的情意；相信你给一个人饮好酒，他的口才就会好起来。你如果是敏感的，顾忌很多的——那你应当吃点肉饼。他们认为路德这人有人情味，当他说：

> 不喜欢美酒，女人，歌唱的人
> 一辈子都是傻子。

当一个年青的学者因为前定说与自由意志说，两者之间的矛盾而感到困惑，路德劝他喝得酩酊大醉，忘掉一切。卡班尼斯[7]说，"神经就是人。"我的邻居，一个愉快的农民，在酒店里的酒排间里发表意见，他认为金钱的用处就是把它确切迅速地花费掉。他说，他是把他的钱灌进喉咙里，得到它的好处。

这种思想方式的缺点就是：它容易变成"冷淡主义"，然后就变为憎恶。生命渐渐把我们吞噬了。我们不久就要变成古人。你冷静些：不论好事坏事，再过一百年还不都是一样？生命这样东西是还不错，但是我们也欣然离开它，得到解脱，而亡故的人也都欣然欢迎我们前去。我们为什么焦躁，操劳？我们明天吃的肉，滋味也和昨天吃的肉一样，我们总有一天要吃厌了。牛津大学阴郁的哲人懒洋洋地说，"啊，没有一件事是新的，也没有一件事是真实的——而这也无关紧要。"

犬儒学派的慨叹是比较悲哀的；我们的生命是像一条驴子，人们拿着一捆稻草在地面前走，就把牠引到市场里来了；牠什么都不看见只看见那一捆稻草。鲍林勃洛克勋爵[8]说，"要到这世界上来，这样麻烦；要离开这个世界，麻烦之外还要加上卑鄙——来这么一趟简直不值得。"我认识一个像这一类脾气的哲学家，他惯于将他体验到的人性作简单的总结，说，"人类是一个该死的恶棍"，据此，一般人都会接上一句必然的下文——"全世界都靠行骗为生，我也要这样。"

于是抽象主义者与物质主义者彼此都被对方所激怒；嘲笑抽象主义者的人，表现出物质主义最坏的一面；同时却兴起一个第三者，站在二者之间，那就是怀疑者。他发现这两派全错了，因为各趋极端。他努力站稳立场，做天平的秤杆。他不越雷池一步。他看出这些凡人的偏颇；他也不肯服劳役；他代表我们天赋的智力，冷静的头脑，与一切能够使我们头脑冷静的东西；他决不肯无故地勤劳操作，决不肯专心做一件事而不求报偿，决不肯在苦役中损失脑力。我难道是一只牛，一辆货车？他说，你们这两种人都是趋向极端。你们这种要一切都是凝固的，要整个的世界都是由炼铅造成的人，你们大大地欺骗了自己。你们认为你们自己是根深柢固的，踏在最坚硬的石头上；然而，如果我们揭露我们的知识中最新发现的事实，你们是像河中的泡沫一样地旋转着，不知道从何处来，到何处去，你们上下四周全是错觉。同时这怀疑者也决不肯为一本书所诱惑，穿上学者的长袍。学者们的脚是冷的，头脑是热狂的，夜里睡不着觉，白天怕人打扰——苍白，污秽，饥饿，自大。你如果接近他们，就可以看到他们怎样想入非非——他们是抽象主义者，整日整夜地做着一些梦；整日整夜等待着社会向他们致敬，推崇他们的某一宝贵的计画；计画是以真理为基础的，但是他们表达得完全缺乏比例，用得完全不适当；而计画它的人也完全没有意志力，不能够使它具体化，使它有生气。

但是，怀疑者说，我很明白我无法看清这一切。我知道人的力量不在极端，而在避免极端。至少在我说来，我总不能相信我所不能了解的哲学。我们假装有某种能力，而其实并没有——那有什么用处呢？假装我们确实知道死后灵魂不灭，有什么用处呢？为什么夸张美德的力量？为什么时候还没有到就去当天使？弦绷得太紧了要断的。如果我们希望灵魂不朽，而并没有证据，为什么不直截了当地这么说呢？如果有互相矛盾的证据，为什么不举出来？如果没有足够的理由使一个公正的思想者能下结论，是或否——为什么不暂停宣判？那些教条主义者真使我感到厌倦。我也讨厌那些只知道办些例行公事，否定教条的人。我也不肯定也不否定。我站在这里审判这案件。我到这世界上来，是来考虑这情形。我总想保持均衡。演说有什么用？我可以流利地滔滔不绝发表关于社会，宗教，与大自然的理论，而我明明知道途中有实际的困难，我与我的同伴们无法克服的困难。为什么我在公众场所话这样多——而事实上，坐在我两旁的人都可以驳倒我？为什么我要假装生命是这样简单的一种游戏，而我们明明知道生命是多么微妙，多么难以捉摸，多么变化多端的？为什么你想把一切事物都关在你那狭窄的小屋里，而我们明明知道并不是只有一两件东西，而是十件，二十件，一千件，而且各各不同？为什么你梦想一切真理都在你手里？各方面都相当有理由。

既然一切实际问题上，大概至多只能有一个近似的解答，谁会禁止一种智慧的怀疑主义？婚姻不是一个未定的问题么？自从开天辟地就有人说：在婚姻制度内的人想要出来，而在婚姻制度外的人想要进去。有人问苏格拉底他是否应当娶妻，苏格拉底的回答，至今也还是很有理由："不论他娶不娶，他都会懊悔的。"国家不也是一个问题？整个的社会在国家这题目上都意见纷歧。没有人爱它；许多人不喜欢它，对国家的忠贞，觉得是违反了自己的良心；为它辩护的唯一理由是：无组织恐怕情形更坏。教会不也是一样？或者我们提出人类最切身的任何问题——年青人是否应当企图在法律界，政界，商界得到高的位置？我们不假装这一类的成功是符合他心灵中最好最深的思想。那么他是否应当割断绳索，脱离社会状态，孤伶伶地到海上航行，单靠他的天才领导他？两方面都相当有理。你要记得，目前的自由竞争制度与另一种人所拥护的"美好的共同劳动"，这始终是一个未定的问题。慷慨的心灵自然赞成一切人共同劳动的建议；只有那样才是诚实；此外无论什么都靠不住。只有穷人的小屋里发出力量与美德；然而，在另一方面说来，有人认为劳动伤害人的形体，挫折人的锐气，劳动者同声叫喊着，"我们没有思想。"文化，这是多么不可缺少的！没有才艺是不可饶恕的；然而文化立刻会伤害自然的最重要的美丽。文化对于一个野蛮人非常有益；然而你一旦让他读了书，他就不能不想到普鲁塔克所叙述的英雄。总而言之，我们所不知道的虽多，我们对于我们所知道的仍旧该有信心，不应当觉得惭愧；这才是真正有毅力的了解。所以我们应当取得我们能够博取的利益，不要甘冒失去它们的危险，去抓捞那些空虚的无法得到的东西。不要妄想了！我们出去；我们插身于种种事务中；我们来学习，获得，占有，努力向上。"人是一种活动的植物，他们像树一样，从空气中得到大部的营养。如果他们过于守在家里，他们就憔悴了。"我们应当过一种健康的大丈夫的生活；我们所知道的东西，我们应当确实知道；我们所有的东西，应当坚固合用，应当是我们自己的。一个在我们掌握中的世界，胜似两个虚无缥缈的世界。我们应当与真正的男人女人周旋，而不是与跳跃着的鬼魂周旋。

这就是怀疑主义者的正当立场——是考虑，是抑制自己：不是完全不相信；不是否认一切，也不是怀疑一切——甚至于怀疑他所怀疑的；尤其不是对稳定的善良的一切事物滥加嘲弄。这些固然不是宗教与哲学的心境，也不是他的心境。他是审慎的考虑者，抑制野心，查点货物，节省资力；他相信一个人的仇敌太多了，自己不能够再做自己的仇敌；他相信我们应当尽可能地使我们自己占优势，因为这场斗争太不势均力敌了，一面是这样庞大的永不疲倦的势力，另一面是人——那渺小，自负，容易受伤的射鹄，在每一个危机中载沉载浮。它是我们为了比较便于自卫而采取的一种位置，比较安全，比较容易支持；同时也机会较多，范围较广：正如我们造房子的时候，规矩是把它安放得不要太高也不要太低，太高了招风，太低了又容易有灰土。

我们所要的哲学是一种流动的变化的哲学。斯巴达与禁欲主义的计画太顽固，僵硬，不适于我们这场合。而圣约翰的理论，与不抵抗主义，又像是太稀薄，轻飘。我们要一件有弹性的钢铁织成的外衣，像前者一样地坚强，像后者一样地轻柔。我们生活在风浪中，所以我们要一只船。在这无数原素的暴风雨中，一座有棱角的教条的房屋一定会被摧毁。它要生存，就必须是紧小合身的，与人的形体相吻合；就像我们要在海上造房屋，必须依照蚌壳的式样。我们必须以人的灵魂作我们的计画的典型，正如人的身体是我们建造一座住屋的典型。适应环境是人性的特点。我们是普通人，然而我们一个个都是优秀的；我们是固定不移的，而又是活动的；我们犯了错误之后，为自己赎罪，然而仍旧经常地犯错误；我们是建筑在海上的房屋。那智慧的怀疑主义者想凑近前去细看最好的竞赛与主要的运动员；地球上最好的东西；艺术与大自然，地方与事件；但是最主要的是人。人类中最好的一切——优美的形体，铁硬的手臂，口才伶俐的嘴唇，有机智的头脑，每一个善于竞赛取胜的人——他都要观察，都要判断。

参观这些现象是有条件的，他自己必须有一种坚实的，可理解的生活方式；有办法可以适应人生的种种不可避免的需要；有证据他在竞赛中是熟练的，成功的；并且他所表现出的性情，他的刚勇，他的各种品质的范畴，都使他有资格使他同一时代的人与同胞都亲近他，信任他。因为我们生命的秘密是只肯显露给同情的人，与我们类似的人。人们不把他们的秘密告诉孩子们，或是纨袴子弟，或是腐儒，只告诉他们同等的人。什么样的人才配占据这沉思的地位呢？有一种人智慧地限制自己的思想不越出某种范围；有一种人在两个极端之间找到一个中庸的情况，而这情况本身有一种积极的性质；有一种坚强的，干练的人，他并不是盐或是糖，然而他与这世界关系相当深，他知道巴黎或伦敦的优点与缺点，而同时他是一个有力的思想家，有独特的见地，都市不能威吓他，而他能够利用都市。

这些性质全都汇集在蒙泰恩的个性中。但是，我既然对于蒙泰恩个人也许是过分地有好感，所以我打算在这位自我主义者的庇护下，在这里说几句话，来解释我怎样爱上了这可钦佩的饶舌者，我对他的爱怎样更加扩展开来；借此我也可以解释我为什么选出他来作为怀疑主义者的代表。

在我的童年，我父亲的藏书中，只遗留下一本残缺不全的柯顿译的蒙泰恩散文集给我。它久久躺在那里，被忽视着，一直等到许多年后，我刚从大学里逃出来，读了这本书，后来我又去弄到其余的几本。我记得我与它共同生活的时候感到的愉悦与惊奇。我觉得好像这本书是我自己写的，前世写的——它的话都是针对我的思想与经验而发，而且说得那样诚恳。在巴黎，在一八三三年，我恰巧在拉舍斯神父墓园中看到奥古斯忒·柯里农的坟墓，他死于一八三〇年，享年六十八岁，墓碑上说，"他为行善而生存，受《蒙泰恩散文集》的影响而改造自己。"隔了些年，我认识了一个有才艺的英国诗人，约翰·斯特林[9]；我与他通信，发现他因为爱好蒙泰恩，曾经瞻仰他的庄园，那房屋仍旧存在，在卡斯忒兰附近的佩利戈德；隔了二百五十年，这人从蒙泰恩的书室里把他的题辞全部抄了下来。斯特林先生的那篇札记刊载在《威斯敏士特评论》上，海斯列特先生把它复载在他刊印的《蒙泰恩散文集》的导言里。我听说新发现的几个莎士比亚的签名，有一个是签在一本佛洛利奥[10]译的蒙泰恩的著作上。我听到了觉得很愉快。这是我们确实知道曾经为莎士比亚所收藏的唯一的一本书。而且很奇怪，大英博物馆购置了一本相同的佛洛利奥的译本，原意是要保存莎士比亚的签名（博物馆的人这样告诉我），结果发现那本书的扉页上有汴·琼生[11]的签名。黎·亨特[12]叙述拜伦的事，说在一切过去的伟大作家内，只有蒙泰恩是拜伦读了之后承认他感到满意的。还有别的巧合的事件（这里不必提了），都凑在一起，使我觉得蒙泰恩是新奇的，不朽的。

在一五七一年，蒙泰恩的父亲故世了，他那时候三十八岁，本来在波尔多执行律师业务，那一年他退休了，在他的田庄上住了下来。虽然他是喜欢娱乐的，有时候也出入宫廷，现在他爱读书的习惯日益增长，他喜欢乡绅的生活的广阔，庄重，自主。他认真地接办农场的业务，将他田地的产量提高到顶点。他很直爽，待人接物也非常坦白，最恨被人欺骗或是欺骗人，在乡间大家都尊敬他的见识，他的正直。在天主教联盟的内战中，每一座房屋都变成一个堡垒，而蒙泰恩开着大门，屋中并不设防。一切党派都自由地来去，因为他的毅力与节操是普遍地被尊敬的。邻近的贵族与缙绅都把珠宝与契据拿了来请他代为保管。历史家吉朋说，在那偏执的时代，人人都自以为是，全法国只有两个宽大的人——亨利四世与蒙泰恩。

蒙泰恩是一切作家中最坦白最诚实的一个。他的法国风的自由发言有时候流为粗俗；但是他早已预料到这些批评，先发制人，自己尽量地忏悔。在他那时代，书是仅只为男性而写的，而且几乎全都是用拉丁文写的；所以在幽默的文字里，不妨有某种赤裸裸的陈述，而我们的文学是为男女两性而写的，因此我们的作家不能容许这样的文字存在。他那种神经式的坦白加上一种毫无宗教意味的轻浮，或者会使许多敏感的读者不愿看他的书，但是那罪过仅只是浮面上的。他故意炫示它；他夸张它；他比任何人都看不起他自己，他骂自己比任何人骂他都骂得厉害。他认为大多数的罪恶他都有；他说他如果有任何美德，那一定是秘密地混进去的。在他看来，没有一个人不该绞毙五六次；他认为他也不是例外。他又说，"人们也可以说出五六个关于我的笑话，与这世界上任何人一样。"但是他尽管这样坦白——其实是多余的——每一个读者心中都渐渐觉得他是绝对正直的，百折不挠。"当我最严格地虔诚地忏悔的时候，我发现我所有的最好的美德中也含有一些罪恶的成分；我真挚地绝对地爱这种性质的美德，将它与任何一种别的美德同样看待；我恐怕就连那至善的柏拉图，如果他把耳朵紧贴在他自己身上听着，也会听见一些人性的混合质发出刺耳的声音；然而是轻微遥远的，只有他自己听得见。"

在这里我们可以看出他多么不能容忍任何一种藉口或是作伪；他是多么苛求。他在宫廷里处得很久，所以养成一种思想，对于一切外表都感到剧烈的憎恶；他有时也放纵自己，说两句野话，咒骂人；他喜欢和水手与吉普赛人谈话，引用下流的隐语与街头的歌谣；他因一直在户内生活，以致染上了致命的疾病；以后即使在枪林弹雨中他也要到户外去。他对于长袍的绅士实在看够了，他简直想和食人生蛮相处；人为的生活使他变得这种神经质，他认为一个人越野蛮越好。他喜欢骑马。你可以到别处去读神学，文法，与形而上学，你在这里无论得到什么，总含有土地与实际生活的风味，甜蜜，辛辣，或是刺痛的。他毫不迟疑地以他患病的记录飨人，他到义大利的旅行，全是说的这件事，他选择了这均衡的立场，也站稳在这立场上。他在他名字上画了个象征性的秤，下面写着"我知道些甚么？"我看见他篇首的肖像，仿佛听见他说，"你可以嘲骂，夸张——我代表真理，即使有人送给我欧洲一切国家，教会，金钱与名誉，我也不肯将我看到的那赤裸裸的事实加以夸张。我宁可将我所确定知道的作为题材，喃喃地作无趣的谈话——关于我的房屋与马厩；我的父亲，我的妻子与我的佃户；我的老而瘦的秃顶；我的刀叉；我吃的是什么肉，爱喝什么酒，还有一百种同样可笑的琐事——我宁愿这样，而不愿用一支精美的鸦翎笔写出一篇精美的传奇。我喜欢灰色的阴天，与秋冬的天气。我自己也是灰色的，秋意的；便装，穿在脚上不痛的旧皮鞋，不拘形迹的老友，质朴的话题，使我用不着过分努力，搜索枯肠——我认为这些最惬意。我们在世界上做人，那情形已经够危险，够不安定的了。我们无法知道一小时后我们自己会有什么变化，命运会有什么变化——也许会落到某种可怜或是可笑的境遇中。为什么我要空想，扮演一个哲学家，而不竭力地镇压住这跳跃的大气球，将沙袋放在它的篮子里？那么我至少可以在一定的范围内生活着，随时准备行动，终于能够好好地迅速度过那漩涡。如果这样的生活有什么滑稽之点，那不能怪我：要怪命运与大自然。"

因此蒙泰恩的散文集是一篇有趣的独白，想到哪里说到哪里；对待每一件事物都不客气，而有一种男性的常识。有人比他看得更透澈；但是我们要说，从来没有一个人思想这样丰富：他从来不沉闷，从来不虚伪，而他有一种天才，能够使读者关心他所关心的一切。

这人的真挚，这人的骨髓都流入他的文句里。据我所知，从来没有一本书写得这样自然。它以对话的语言移到一本书里。割裂这些字句，它们会流血；它们是有脉管的，活的。我们在这文字中得到的愉快，就像听见人们谈到他们的工作时感到的愉快一样，他有时由于特殊情况，那种对话具有一种暂时性的重要性。铁匠与赶车的人从来不会说不出话来；他们的语句是纷飞的子弹。而出身剑桥大学的人，他们时时更正自己的话，一句话说了一半又重新开始，而且又喜欢说双关俏皮话，过份精炼，将注意力从题材转到修辞上。蒙泰恩很精明地谈论着，他知道这世界，也知道书，知道他自己；他的是一种确切而平淡的口吻，从来不锐叫，或是抗议，或是祈祷：没有弱点，没有痉挛，没有极端的形容词：并不想耸人听闻，或是扮出滑稽的形状，或是消灭空间或时间，而是坚强结实的；尝到一天内每一刹那的滋味；喜欢痛苦，因为它使他感觉到自身的存在，发觉各种事物；就像我们拧自己一把，为了要知道我们不在做梦。他总在平原上；他难得向上爬或是往下沉；他喜欢觉得他是脚踏实地。他的作品没有热诚，没有大志；满足的，自尊的，走在路的正中。只有一个例外——他对于苏格拉底的爱。唯有说到他的时候，他是涨红了脸，他的笔锋充满了热情。

蒙泰恩在六十岁的时候患扁桃腺炎而死，在一五九二年。他临死的时候找了神父来在寝室里做弥撒。他在三十三岁的时候结过婚。"但是，"他说，"倘若由我自主，即使是智慧女神愿意嫁给我，我也不会和她结婚；然而避免结婚虽然有很大的益处，生命的通常习俗与惯例却要求我们这样做。我的行动大都是模仿别人，而并不是自择的。"在死亡的时候，他也同样地尊重习俗。我知道些什么？

蒙泰恩这本书为全世界所赞赏，将它译成一切语言，在欧洲印了七十五个版本；而且销行的对象是相当精选的，读者都是宫廷人士，军人，王子，精通世故的人，机智的慷慨的人。

我们是否应当说蒙泰恩的言论是智慧的？他探讨做人的态度，是否已经把人的心灵正确地永久地表现出来了？

我们是天然的信仰者。我们感到兴趣只是真理，或者是因与果之间的联系。我们相信有一根线把一切事物串在一起：无数的世界都穿在上面，像小珠子一样，只因为有这根线，所以我们遇到人们，事件与生命；它们在我们面前经过，来来去去，只是为了要我们知道这条线的方向与连续性。一本书或是一句话如果向我证明并没有这根线，只有混乱，毫无目的，无缘无故发生灾难，繁荣了也说不出理由来，傻子变成英雄，英雄变成傻子——这使我们感到抑郁。不论看得见看不见，我们相信那联系是存在的。有才能的人假造出这种联系；有天才的人找到真正的联系。我们为什么注意听着科学家发言？因为他所揭露的自然现象的关连早在我们意料中。凡是肯定，连接，保存任何事物的，我们都喜爱；

凡是溃散或是拆毁任何事物的，我们都不喜欢。有一个人出现了，他的天性在一切人看来都是保存性，建设性的；他的存在，便推定一个安定的社会存在，也有农业，商业，广大的制度，与帝国。如果这些并不存在，经他努力建设，它们也会开始存在。因此他使人们感到愉快，得到安慰——他这种气质人们很快地就会觉得了。独立教派的人与叛徒攻击现存的共和国的一切，使人无法回答，但是他们没有他们自己的房屋或国家的设计，可以具体地拿出来给我们看。因此，我们的顾问所计画的城市，国家与生活方式，也许不过是一种非常朴实的或是陈旧的繁荣，然而人们很有理由拥护他，而排斥那改革者——如果那改革者只会破坏，只拿着斧头与铁棍。

但是我们虽然是天生地喜欢保存东西，相信因果关系，对于那种酸溜溜的，阴郁的，一切都不相信的人加以排斥，然而蒙泰恩所代表的那一种怀疑者是有理由的，每一个人总有一个时期属于他们那集团。每一个优越的心灵都会知道怎样利用我们天性中的抑止器与平衡轮，作为一种天然的武器，抗拒偏执的人与愚人的夸张与形式主义。

一个学生观察社会所崇拜的一些细节，在他看来，这些细节之可敬，只是由于它们的倾向与精神，在这里，他所抱的态度就是怀疑主义。怀疑主义者的立场就是庙宇的门廊。社会不喜欢人们对现存的秩序发生疑问。然而一个优越的心灵必定要向风俗习惯的每一点都提出质问，那是每一个优越的心灵在成长中的一个必然的阶段，证实它观察到宇宙间那种在一切变化中依然保存它的本性的流动力。

社会的罪恶，与人们所提出的救济的计画——优越的心灵与这一切也是合不来的。一个智慧的怀疑主义者是个坏公民；他不是保守党，所以他看出财产的自私性，与各种制度的暮气沉沉。但是他也不适于与自古至今任何民主党派合作；因为政党总希望每一个人都献身于它，而他能够洞穿普通一般的爱国主义。他的政治思想是像华尔特·赖莱爵士^[13]的《灵魂的使命》里面的；或是像印度《神圣的歌》^[14]里的克利史纳^[15]的，"没有一个人值得我爱或恨"；而一方面他审判法律，医术，神学，商业与风俗习惯。他是一个改革者；然而他并不因此而成为一个较好的慈善工作者。我们发现他并不是工人，贫民，囚犯，奴隶的代战者。他的脑子里有这样一种观念，认为我们在这世界上的生活不是像礼拜堂里与教科书上说的那么容易解释。他并不想反对这些善行，做恶魔的代言人，表彰每一个使他感觉到这世界布满了阴霾的疑问与讥嘲。但是他说，"确是有疑问。"

我想利用这时机来把这些疑问——也可以说是"否定"——一一数来，将它们加以描写，借此庆祝我们的蒙泰恩纪念日。我想把它们从洞穴里赶出来，把它们在太阳里晒晒。我们对待它们，应当像警厅对待老恶棍一样，在警局把他们示众。他们一旦被人认出了，登了记，就再也不会像从前那样可怕了。我不打算举出那些易于驳倒的疑问，仿佛是故意捏造出来的，好让我们推翻它们。我要选择我所能找到的最坏的问题，我若是不能解决它们，就让它们解决了我。

我不想攻击物质主义者的怀疑主义。我知道四足兽的意见决不会流行。蝙蝠与牛的思想是无关紧要的。我所要报告的第一个危险的病征是：理智的轻浮；仿佛知识一多，就不能恳切了，知识就是知道我们不能够知道。愚笨的人祈祷；天才是轻快的嘲笑者。

在每一个讲坛上恳切是多么可敬呀！但是理智破坏了它。我那灵敏可佩的朋友山·卡罗（San Carlo）是观察最深刻的人中之一，他发现我们把心灵直线地提高——即使是由于崇高的虔诚——结果总得到这种可怕的洞察力，使信徒们失去了信仰。山·卡罗还发表可惊的言论，他认为像摩西那样的先知与圣徒都染上这种毛病。他们看见约柜是空的，里面并没有刻着十诫的石板；他们看见了，而并不告诉人；并且竭力拦住他们的徒众，不让他们走近前来，说"动作，亲爱的朋友们，你们是宜于动作的！"山·卡罗看穿这一点，使我觉得非常难受，仿佛七月里有霜，仿佛一个新娘动手打人；然而还有比这更坏的，那就是圣徒们的厌倦烦腻。他们跪在山上看到幻象，还没有站起来，就说，"我们发现我们对上帝的尊敬与上帝赐予我们的鸿福都是不完全的，畸形的：我们必须奔到那被疑心被辱骂的理智那里去求救，乞灵于了解，乞灵于恶魔，乞灵于才能的巧妙运用。"

这是第一个妖怪；虽然它在我们十九世纪曾经成为许多挽歌的题材，在拜伦，歌德，与其他比较不著名的诗人的笔底，还有许多杰出的私人观察家的议论里——我说老实话，它在我的想像中却并不十分动人；因为它所说的似乎是打碎玩偶的房屋，打碎磁器店。一种思想能够震撼罗马的教会，或是英国的教会，或是日内瓦或是波士顿的教会，然而它对于触及任何信仰的原则，或者还是差得很远。我认为理智与道德的情操是一致的；哲学虽然能扑灭妖怪，它也供给我们一些天然的防止罪恶的办法，赋予我们的灵魂一种归极性。我认为一个人越是智慧，越会发现自然界的（与道义的）天然法则的宏大，他会提高他自己，更加绝对地信赖它。

"心情"对于我们有很大的影响，每一种心情都能够抹杀一切，只留下它自己的交织着的事实与意见。"局面"也对于我们有很大的影响，它显然能够修改性情与情操。有信心与没有信心仿佛是与整个的构造有关；每一个人只能养成稳重而活泼的态度，能够让整个的机器开动起来，他立刻就会很快地调整他自己生活中的一切意见，并不需要有极端的例子作榜样。我们的生命是三月的天气，可以在一小时内又狂暴又平静。我们严肃地前进，献身，我们相信命运的铁链环，我们宁死也不肯后退：但是一本书，或是一个石像，或者仅只是一个名字的声音，就能将一粒火花射入我们的神经，我们突然相信意志力了：我的指环将要成为所罗门王的印鉴；只有低能的人才被命运所支配；一个坚决的心灵，什么都做得到。不久，一个新经验使我们的思想转向一个新方向：常识重新成为专制魔王；我们说，"到底还是做军人好，可以很容易地获得名誉，礼貌，与诗意；而且，你看——一般地说来，'自私'这样东西最容易种植，最容易修剪，最能使商业发达，能造成最好的公民。"一个人对于善恶的意见，对于命运与因果关系的意见，难道因为睡一场觉被吵醒了，或是消化不良，就会改变么？他对于上帝与责任的信仰，难道这样浅薄，仅只以他消化的情形为转移？怎样能保证他的意见会持久不变？我不喜欢法国人的神速——一星期换一个新的教会与国家。这是第二个否定之点；我不预备驳斥它——由它去。它主张心理状态的轮流旋转，在这一点上，我想它自己建议了它的补救方法，那就是：参考较长时期的记录。许多心理状态的中庸之道是什么？一切心理状态的中庸之道是什么？一切时代的普遍的声音是否肯定任何原则？还是我们并不能在古代与远方发现共同的情操？当它指出自利的力量时，我接受它为神圣的法则的一部份，我必须尽力使它不与我们向上的志愿冲突。

命运这个字，又称定数，表现一切时代的人类的一种感觉，觉得这世界的定律并不是永远对我们友善的，而常常伤害我们，压碎我们。命运，它化身为大自然，像草一样地在我们身上长遍了。我们画时间老人拿着一把镰刀；画爱神与幸运女神是盲目的；画命运是聋的。这种凶猛的东西，把我们嚼得稀烂，我们对它太缺少抵抗的能力。我们能够摆出什么勇敢的态度，对抗这些不可避免的，胜利的，有害的力量？在我个人的历史里，我怎样能抗拒种族的影响？我怎样能抗拒遗传的习惯，生来就有的习惯；抗拒瘰疬，脓疮，无能？抗拒我们国内的气候，抗拒我们国内的野蛮风气？我可以说服一切，或是否认一切，唯一的例外是这肚子，他永远在这里：他必须吃东西，而他一定会吃到；我无法使它变得高尚起来。

我们天生有一种冲动，要求肯定；这种冲动所遇到的抵抗力中最主要的一种——包括其他一切的一种——就是错觉论者的教旨。有一种流行的学说非常使人感到苦闷，它说我们在生命的一切主要行动中都被欺骗了，"自主"是最空洞的名词。我们沉浸在空气，食物，女人，孩子，科学，事件之中，被它们所麻醉了，它们对我毫无帮助。有人抱怨说数学并不帮助心灵向前迈进：一切科学也都如此；一切事件与行动也都如此。我发现一个人可能经过每一种科学的训练，而仍旧是一个鄙陋的人；我在一切学界，政界，社交界的职位中都可以看出一个人的幼稚。然而我们依旧要献身于它们。事实是：我们也许会逐渐接受它，将它当作我们教育情形的定律与理论，相信上帝是一种实体，而他运用错觉为手段。

或者我应当这样说：生命中最使人惊奇的事，就是生命的理论与实践似乎完全不协调。理智——那可宝贵的真实，定理——我们有时候也可以明瞭它，我们一方面从事于与它没有直接关系的工作，在骚扰中突然有那么平静而深沉的一刹那——然后我们又失去了它，也许过了许多年月，又找到了它，过了一会儿又失去了它。如果我们用时间来计算，我们在五十年内也许有六小时是理智的。但是我们那些烦心的事务，那些工作，是否由此得到益处？我们看不出这世界的秩序，只看见这许多伟大与渺小的事物平行着，永远不引起彼此的反应，看上去也丝毫没有集中的倾向。我们的经验，幸运，我们所控制的事物，我们读的书，写的作品，都毫不相干；正如一个人走进房间，我们看不出他吃的是山芋还是牛肉——他从米里（或是雪里）设法得到他所要的这么一点筋骨。定理像天一样大，而人的作为就像蚂蚁一样小，太不相称了；因此，他是一个有价值的人或是一个酒徒，并不像我们所说的那么重要。而且这魔法还有一种骗人处：那奇异的不相往来的法则使合作绝对不可能。一个年青的心灵渴望进入社会。但是文化与伟大的造就结果永远迫使人们过一种离群索居的生活。那青年常常碰钉子。他知道乡下人大概不会对他的思想表同情，但是他带着他的思想去谒见"选民"和聪慧的人，发现他们也不接受它，而对他误解，嫌恶，嘲笑。很奇异地，人人都是不合时宜的，不得其所的；每一个人的卓越天才都是一种燃烧着的个人主义，更加将他隔离起来。

有这么些思想上的疾病——其实还不止这些——而我们普通

的教师并不想试着为我们医疗。如果我们天生脾气好，使我们倾向于善的一方面，我们是否应当说，"并没有什么疑问"，为正义而说谎？我们的生活态度应当是勇敢的还是怯懦的？我们要做一个堂堂的人，是否必须要给我们的疑问一个满意的答覆？"善"这名词难道要成为我们向善的障碍？一个恳切而有粗鲁的习惯的人，他也许不觉得茶与散文与《教义问答》有什么好处；他需要一种较粗鲁的教诲，要人群，劳动，经商，务农，战争，饥饿，富饶，爱，恨，疑问与恐惧，要它们来使他看清一切——你难道不能相信有这样的事？他难道没有权利可以坚持以他自己的方式去说服他？等他被说服了的时候，麻烦也是值得的。

　　信仰就是接受灵魂的肯定判断；不相信，就是否认它。有些人的心灵不能抱怀疑主义。他们宣称他们对某一点抱疑问，其实不过是由于礼貌或是迁就他们的同伴们普通的论调。他们不妨任意地思索，因为他们确定可以有收获。一旦踏进思想的天堂，他们就不会再沦入黑暗中，而能在另一面看到无限的发展。天堂里面还有天堂，天空上面还有天空，他们四周都是神灵。另有些人，在他们看来，天是黄铜制成的，倒扣在地面上。这是因为气质不同，或者也是因为有些人比另一些人更是沉浸在大自然里。后一种人必须有一种反射的信仰，也可以说是寄生虫式的信仰；他们并不能看见真实，而是本能地倚赖那种能够看见真实，信仰真实的人。有信仰的人的态度与思想使他感到惊奇，使他们确信这些人看到了一些什么，是他们自己无法看见的。但是他们官能的习惯将有信仰的人钉牢在他前此的位置上，而一方面有信仰的人必然会前进；不久那没有信仰的人因为爱护信仰，就把有信仰的人当作邪教徒烧死了。

伟大的有信仰的人永远被目为异教徒，不合实际，荒诞，无神论者；被目为实际上无足轻重的人。唯心论者终于被迫以一连串的怀疑论来表现他的信心。慈善的人带着他们的计画来请他合作。他怎么能迟疑不决？仅只由于友谊或是礼貌，也应当尽可能地表示同意，措辞也应当是吉兆的，而不是冰冷的，不祥的。但是他不得不说，"啊，这些事情是非这么不可的：你拿它有什么办法？我们看着这些树往上长，而这种种悲痛与罪恶都是树上的枝叶与果实。抱怨叶子或果子不好，是没有用的；把它折下来，又会生出一个，和这一样坏。你要医治它，必须在下面开始。"他觉得当代的侠义的行为是一种很难处理的原素。人民的问题不是他的问题；他们的方法不是他的方法；他不得不违反他良好的天性，宣称他不喜欢这一切。

就连一切的希望中最珍视的教义，相信上帝保佑我们，相信灵魂不朽，别人表现这教旨的时候他总嫌人家措辞不当，使他不能够肯定这是真实的。但是他否认，是因为他有更多的信心，而不是较少的信心。他因为诚实，所以否认。他宁可被人指斥为低能的怀疑主义者，而不愿被指为说谎。他说，"我相信这宇宙的道义的目标；它纯是为了灵魂的福利而存在；但是你们的教条在我看来像漫画一样地夸张可笑：为什么我应当假装相信它？"谁能说这是冷酷的，没有信仰的？智慧的人、宽大的人不会这样说。他们会感到喜悦，因为他们的目光远大的友善态度，甚至于能够把一切传统与共同信仰的地盘全都让给对方，而并不因此失去丝毫的力量。它永远消灭了一切越界侵犯的情事。乔治·福克斯 [16] 也悟到有"一个黑暗与死亡的海洋；但同时又有一个无限的光明与仁爱的海洋，在那黑暗的海洋上面流过。"

最后的一个使怀疑主义失败的解答，是蕴藏在道义的情操里。道义的情操从来不会丧失它至尊无上的地位。我们可以安全地试验每一种心境，也将心境的影响算进我们的一切异议里去：道义的情操很容易比它们一切的份量都要重些。这就是最紧要的那一滴水，滴到海里，使大海能够保持均衡。我玩弄着各种各样的事实，采取那种浮浅的观点——我们所谓怀疑主义；但是我知道这些事实不久就会出现在我面前，排列成一种秩序，使怀疑主义成为不可能的。一个有思想的人必定会感觉到那产生这宇宙的思想——那就是：自然界的物体是波动着，流动着的。

这信心是于我们有利的，帮助我们应付生命与我们的种种目标所遇到的一切危难。这世界充满了神灵与定理。有思想的人是满足的，尽管世上有公平与不公平的事，有酒徒与傻子，有愚蠢的行为与骗术得到胜利。他可以平静地看着人的壮志与他做事的能力之间的分别，力的需要与供给之间的分别——那么大的分别，像一个广阔的深沟：就是它造成一切灵魂的悲剧。

却尔士·傅利叶 [17] 宣称："吸引一个人的东西是与他的命运相称的"；换句话说，就是每一个欲望都预言它自己可以在某处得到满足。然而一切经验都指出这句话的反面；能力不够，是年青热烈的心灵的普遍的悲哀。他们控诉上天太吝啬。它让每一个孩子观看天与地，使他充满了欲望；一种饥饿，仿佛是空间想要星球来装满它；一种饥馑的叫喊，像许多魔鬼叫喊着要灵魂。然后他们得到满足了——每人每天给一滴，一滴生命力的露珠——像无限的空间一样大的一只杯盏，里面只有一滴生命的水。每个人早上醒来胃口都非常好，可以把太阳系像一只蛋糕一样地吃下去；精神旺盛，准备着行动，抱着无限的热情；他可以伸手触到晨星；

他可以和地心吸力或是化学决一胜负；然而，当他刚刚动一动，来证实他的力气的时候，他的手脚，五官，都不争气了，不肯为他服务。他是一个皇帝，被他属下的各国所弃，让他一个人去自拉自唱，或是被推挤到一大群皇帝之间，大家全在自拉自唱：而那迷人的魔女仍旧歌唱着，"吸引人的东西与命运相称。"在每一个人家，在每一个姑娘与每一个男孩的心里，在那飞升的圣徒的灵魂中，都有这一道鸿沟存在他们理想力的莫大希望和他们微不足道的实际经验之间。

　　幸而真理广大的本质来给我们援手，它是有弹性的，它不会被包围。人用较广大的概论来帮助他自己。生命的教训几乎就是概括，归纳；相信许多岁月与许多世纪所说的话，而不相信目前数小时的论调；不肯为细节所控制；要深入地研究它们普遍的意义。事物表面上像是说一句话，而实在是说相反的话。外表是不道德的；结果是道德的。事物似乎有向下的趋势，使我们有理由感到消沉，似乎助长恶棍的气焰，战败正直的人；然而，不但殉道者促进正义的进行，连恶人也促进正义的进行。虽然在每一个政治斗争中都是恶人战胜，虽然每次换一个政府，社会似乎是从一群犯罪者的掌握中移交到另一群犯罪者的掌握中，虽然文明的前进只是一连串的罪恶——然而，我们一般的目的反正总达到了。我们现在看见一些被迫发生的事件，它们仿佛将时代的文明进化延缓了，或是使文明退化。但是世界的精神是善于游泳的，暴风雨波涛淹不死他。他轻视法律：于是，从古至今，上天似乎一直是采取卑鄙低劣的工具。通过这些年月，这些世纪，通过邪恶的代理人，通过渺小的玩具，渺小的原子，一种伟大的仁慈的倾向不可抗拒地奔流着。

一个人应当学会在短暂无常的事物中寻找那永久的成分；他在习惯上向来尊敬某些事物，如果它们一旦消灭了，他也应当学会忍受而不因此失去他的虔敬；他应当知道天生他这个人，并不是要他工作，而是要发掘他，他应当知道：虽然深渊之下还有深渊，一种意见会排斥另一种意见，然而最后一切都包含在那不朽的语句——

如果我的小船沉没，
它是到了另一个海上。

〔注释〕

[1] Plotius，三世纪埃及新柏拉图派哲学家。

[2] Fenelon（1651－1715），法国 Cambrai 大主教，著作家。

[3] Jonathan Swift（1667－1741），英国小说家，名著中有 *Gulliver's Travels*，*Tales of a Tub* 等，前者有中译本。

[4] Johann Christoph Friedrich von Schiller（1759－1805），德国诗人兼戏剧家，与歌德齐名。

[5] Thomas Spence（1750－1814），英国社会主义者，主张设立独立自足公社，土地公有，采取单行税制。生平不得志，坎坷以终。

[6] Sir Godfrey Kneller（1646－1723），英籍德国画家。

[7] Pierre Jean George Cabanis（1757－1808），法国名医，哲学家。

[8] Lord Bolingbroke（1678－1751），英国政治家。

［9］John Sterling（1806－1844），英国诗人，评论家。

［10］John Florio（1533－1625），英国辞典编辑者，蒙泰恩著作译者。

［11］Ben (Benjamin) Jonson（1573－1637），英国诗人，剧作家。

［12］James Henry Leigh Hunt（1784－1857），英国诗人，评论家。

［13］Sir Walter Raleigh（1552－1618），英国航海家，政治家，作家。

［14］*Bhagavat*，印度梵文宗教哲理诗。

［15］Krishna，印度教三大神之一 Vishnu 的第八化身。

［16］George Fox（1624－1691），英国宗教家，"教友会"（Society of Friends 即 Quakers）之始祖。

［17］Charles Fourier（1772－1837），法国社会学家，创导今所谓"空想社会主义"（Fourierism）。

二　梭罗

　　亨利·大卫·梭罗的祖先是法国人，从古恩西岛迁到美国来，他是他的家族里最后一个男性的后嗣。他的个性偶尔也显示由这血统上得到的特性，很卓越地与一种非常强烈的撒克逊天才混合在一起。

　　他生在麻省康柯德镇，一八一七年七月十二日诞生。他一八三七年在哈佛大学毕业，但是并没有在文学上有优异的成绩。他在文学上是一个打破偶像崇拜的人，他难得感谢大学给他的益处，也很看不起大学，然而他实在得益于大学不浅。他离开大学以后，就和他的哥哥一同在一个私立学校里教书，不久就脱离了。他父亲制造铅笔，亨利有一个时期也研究这行手艺，他相信他能够造出一种铅笔，比当时通用的更好。他完成他的实验之后，将他的作品展览给波士顿的化学家与艺术家看，取得他们的证书，保证它的优秀品质，与最好的伦敦出品相等，此后他就满足地回家去了。他的朋友们向他道贺，因为他现在辟出了一条致富之道。但是他回答说，他以后再也不制造铅笔了。"我为什么要制造铅笔呢？我已经做过一次的事情我决不再做。"他重新继续他的漫长的散步与各种各样的研究，每天都对于自然界有些新的认识，不过他从未说到动物学或是植物学，因为他对于自然界的事实虽然好学不倦，对于专门科学与文字上的科学并没有好奇心。

在这时候他是一个强壮健康的青年，刚从大学里出来，他所有的友伴都在选择他们的职业，或是急于要开始执行某种报酬丰厚的职务，当然他也不免要想到这同一个问题；他这种能够抗拒一切通常的道路，保存他孤独的自由的决心，实在是难得的——这需要付出极大的代价，辜负他的家庭与朋友们对他的天然的期望：唯其因为他完全正直，他要自己绝对自主，也要每一个人都绝对自主，所以他的处境只有更艰难。但是梭罗从来没有踌躇。他是一个天生的倡异议者。他不肯为了任何狭窄的技艺或是职业而放弃他在学问与行动上的大志，他的目标是一种更广博的使命，一种艺术，能使我们好好地生活。如果他蔑视而且公然反抗别人的意见，那只是因为他一心一意要使他的行为与他自己的信仰协调。他从来不懒惰或是任性，他需要钱的时候，情愿做些与他性情相近的体力劳动来赚钱——譬如造一只小船或是一道篱笆，种植，接枝，测量，或是别的短期工作——而不愿长期地受雇。他有吃苦耐劳的习惯，生活上的需要又很少，又精通森林里的知识，算术又非常好，他在世界上任何地域都可以谋生。他可以比别人费较少的功夫来供给他的需要。所以他可以保证有闲暇的时间。

他对于测量有一种天然的技巧，由于他的数学知识，并且他有一种习惯，总想探知他认为有兴趣的物件的大小与距离，树的大小，池塘与河流的深广，山的高度，与他最爱的几个峰顶的天际的距离——再加上他对于康柯德附近地域知道得非常详细，所以他渐渐地成了个土地测量员。对于他，这职业有一个优点：它不断地将他领到新的幽僻的地方，能够帮助他研究自然界。他在这工作中的技巧与计算的精确，很快地赢得人们的赞许，他从来不愁找不到事做。

他可以很容易地解决关于土地测量的那些难题，但是他每天被较严重的问题困扰着——他勇敢地面对这些问题。他质问每一种风俗习惯，他想把他的一切行为都安放在一个理想的基础上。他是一个极端的新教徒，很少有人像他这样，生平放弃这样多的东西。他没有学习任何职业；他没有结过婚；他独自一人居住；他从来不去教堂；他从来不选举；他拒绝向政府付税；他不吃肉，他不喝酒，他从来没吸过烟；他虽然是个自然学家，从来不使用捕机或是枪。他宁愿做思想上与肉体上的独身汉——为他自己着想，这无疑地是聪明的选择。他没有致富的才能，他知道怎样能够贫穷而绝对不污秽或是粗鄙。也许他逐渐采取了他这种生活方式，而事先自己也不大知道，但是事后他智慧地赞成这种生活。"我常常想到，"他在他的札记里写着，"如果我富敌王侯，我的目标一定也还是一样，我的手段也是基本上相同的。"他用不着抵抗什么诱惑——没有欲望，没有热情，对于精美的琐碎东西没有嗜好。精致的房屋，衣服，有高级修养的人们的态度与谈话，他都不欣赏，他宁可要一个好印第安人，他认为这些优雅的品质妨碍谈话，他希望在最简单的立场上与他的友伴会见。他拒绝参加晚宴，因为那种场合，每一个人都妨碍另一个人，他遇见那些人，也无法从中得到任何益处。他说，"他们因为他们的晚餐价昂而自傲；我因为我的晚餐价廉而自傲。"在餐桌上有人问他爱吃哪一样菜，他回答，"离我最近的一碗。"他不喜欢酒的滋味，终身没有一样恶习惯。他说，"我模糊地记得我未成年的时候吸干百合花梗做的烟，似乎有点快感。这样东西我那时候通常总预备着一些。我从来没吸过比这更有害的东西。"

他宁愿减少他日常的需要，并且自给自足——这也是一种富有。他旅行起来，除了有时候要穿过一带与他当前的目标，无关紧要的地区，那才利用铁路以外，他经常步行几百里，避免住旅馆，在农人与渔人家里付费住宿，认为这比较便宜，而且在他觉得比较愉快，同时也因为在那里他比较容易获得他所要的人，打听他所要知道的事。

他脾气里有一种军人的性质，不能被屈服，永远是丈夫气的，干练的，而很少温柔的时候，仿佛他只有在与人对敌的时候才觉得自身的存在。他要有人家说谎言，让他来拆穿；要人家做错事，让他来嘲笑；也可以说他需要稍稍有一种胜利的感觉，需要打一通鼓，方才能充分运用他的能力。要他说一个"不"字，是轻而易举的事；事实上，他觉得说"不"比说"是"容易得多。他听到一个建议的时候，他的第一种本能就是要驳倒它，因为他对于我们日常的思想的限制觉得不耐烦。当然这习惯未免使朋友们对他的友爱稍稍冷淡下来；虽然他的同伴最后总会相信他没有任何恶意，也没有说谎，然而他这习惯确是妨害谈话。所以他虽然是这样纯洁无邪的一个人，他竟没有一个平等的友伴与他要好。他有一个朋友说，"我爱亨利，但是我无法喜欢他；我决不会想到挽着他的手臂，正如我决不会想去挽着一棵榆树的枝子一样。"

然而他虽然是隐士与禁欲主义者，他真正的喜欢同情，他热心地稚气地投身到他所喜爱的年青人的集团中，他喜欢叙述他在田野间与河边的经验，那形形色色无数的故事，给他们作为消遣——也只有他能供给他们这样好的娱乐；他永远愿意领导他们去采浆果野餐，或是去寻找栗子与葡萄。有一天亨利谈到一篇演说，他说凡是听众爱听的都是坏的。我说，"谁不愿意写出一篇任何人都能读的作品，像《鲁滨逊飘流记》？如果看见自己的文字不是充实的，缺少一种人人都喜欢的正确的物质主义的处理方法，谁不感觉惋惜？"亨利当然反对，夸耀着那些只有少数人欣赏的较好的演说。但是在晚餐的时候，一个年青的女孩子因为知道他要在文学讲座演说，她很伶俐地问他，他的演说辞可是一个很好的有兴趣的故事，像她爱听的那种，还是她不感兴趣的那种老套的哲学性的东西。亨利转过脸来对着她，思考着，我可以看出他在那里努力使自己相信他有些材料可以配她和她兄弟的胃口——如果那篇演说于他们适宜，他们预备睡得晚些，去听演讲。

　　他的言行都是真理，他天生如此，永远为了这原因而陷入种种戏剧化的局面中。在任何情形下，一切旁观者都很想知道亨利将要持什么态度，将要说什么话；他并不使人失望，每逢一个急变总运用一种别致的判断力。在一八四五年他为自己造了一座小木房子，在华尔敦塘的岸上，在那里住了两年，度着劳动与学习的生活。这行为，在他是出于天性，于他也很适宜。任何认识他的人都不会责备他故意做作。他在思想上和别人不相像的程度，比行动上更甚。他利用完了这孤独生活的优点，就立刻放弃了它。在一八四七年，他不赞成公款的某些开支，就拒绝向他的城市付税，被关到监狱里。一个朋友替他纳了税，他被释放了。第二年他又被恐吓着，可能遇到同样的麻烦。但是，因为他的朋友不顾他的抗议，仍旧替他纳了税，我想他停止抵抗了。无论什么反抗或是嘲笑，他都不拿它当回事。他冷冷地充分地说出他的意见，并不假装相信它也是大家共同的意见。如果在场的每一个人坚持相反的意见，那也没有关系。有一次他到大学图书馆去借书，图书馆员拒绝借给他。梭罗去见校长，校长告诉他那里的规则与习俗，准许居留的毕业生借书，此外还有当牧师的校友，还有些住在大学周围半径十哩以内的人，也有借书的权利。梭罗向校长解释，说铁路已经破坏了老的距离的比例——依照校长这些规则里的条件，这图书馆是无用的——连校长也是无用的，他从大学得到的唯一的益处就是它的图书馆——目前他不但急需这几本书，而且他要许多书；他告诉校长，他(梭罗)比图书馆员更适于管理这些书。总之，那校长发现那位请愿者咄咄逼人，而那些规则似乎变得那么可笑，他终于给了他一种特权，而在他手里，那特权从此就变成无限的。

从来没有一个人比梭罗更是一个真正的美国人。他对他的国家与国内情形的喜爱是真诚的，而他对于英国与欧洲的礼仪与嗜好具有一种反感，几乎到了蔑视的程度。他不耐烦地听着从伦敦社会中搜集来的新闻或是隽语；虽然他很想保持礼貌，这些轶事使他感到疲倦。那些人全都彼此模仿着，而且是模仿一个小模型。为什么他们不能住得距离彼此越远越好，每人独自做一个人？他所寻求的是精力最旺盛的天性；他想到奥利根去，不是到伦敦去。"在大不列颠的每一部份，"他在他日记里写着，"都发现罗马人的遗迹，他们的骨灰瓮，他们的营盘，他们的道路，他们的房屋。但是新英格兰至少不是建基于任何罗马的废墟上。我们用不着将我们的房屋的基础造在一个前期的文明的灰烬上。"

但是他虽然是一个理想主义者，赞成废除奴隶制，废除关税，几乎赞成废除政府——不用说，他当然不但在实际政治中找不到代表，而且他几乎是同样地反对每一种改革者。然而他向"反奴隶制度党"表示他始终如一的敬意。他对一个后来认识的人特别有好感。那时候大家还没有拥护约翰·勃朗[1]，他就向康柯德大部份的人家分送通知书，说他将在星期日晚上在一个公众场所演讲，讲题是约翰·勃朗的情况与个性，邀请一切人都来听。共和党委员会，废除奴隶制度委员会，差人带话给他说时机尚未成熟，不宜于这样做。他回答，"我派人来并不是为了要求你们的忠告，而是为了宣布我要演讲。"那演讲厅时间很早就坐满了各党各派的人，大家全都恭敬地听着他恳切地赞美那英雄，许多人都非常感到同情，自己也觉得诧异。

据说普洛梯纳斯觉得他的身体是可耻的，大概他这种态度是有充分理由的——他的身体不听指挥，他没有应付这物质世界的技巧，抽象的理智性的人往往如此。但是梭罗生就一个最适合最有用的身体。他身材不高，很坚实，浅色的皮肤，健壮的严肃的蓝眼睛，庄重的态度——在晚年他脸上留着胡须，于他很相宜。他的五官都敏锐，他体格结实，能够吃苦耐劳，他的手使用起工具来，是强壮敏捷的。而他的身体与精神配合得非常好，他能够用脚步测量距离，比别人用尺量得还准些。他说他夜里在树林中寻找路径，用脚比用眼睛强。他能够用眼睛估计一棵树的高度，非常准确；他能够像一个牲畜贩子一样地估计一条牛或是一只猪的重量。一只盒子里装着许多的散置着的铅笔，他可以迅速地用手将铅笔一把一把抓出来，每次恰正抓出一打之数。他善于游泳，赛跑，溜冰，划船，在从早至晚的长途步行中，大概能够压倒任何乡民。而他的身体与精神的关系比我们臆度的这些还要精妙。他说他的腿所走的每一步路，都是他要走的。照例他路走得越长，所写的作品也更长。如果把他关在家里，他就完全不写了。

他有一种坚强的常识，就像斯葛特所写的浪漫故事中那织工的女儿罗丝·佛兰莫克称赞她父亲的话，说他像一根尺，它量麻布与尿布，也照样能量花毡与织锦缎。他永远有一种新策略。我植林的时候，买了一斗橡树子，他说只有一小部分是好的，他开始检验它们，拣出好的。但是他发现这要费很多的时间，他说，"我想你如果把它们全都放在水里，好的会沉下去。"我们试验了之后，果然如此。他能够计画一个花园或是房屋或是马厩；他一定能够领导一个"太平洋探险队"；在最严重的私人或大家的事件上都能给人贤明的忠告。

他为目前而生活，并没有许多累赘的回忆使他感到苦痛。如果他昨天向你提出一种新的建议，他今天也会向你提出另一个，同样地富于革命性。他是一个非常勤劳的人。一切有条不紊的人都珍视自己的时间，他也是如此；他仿佛是全城唯一的有闲阶级；任何远足旅行，只要它看上去可能很愉快，他都愿意参加；他永远愿意参加谈话，一直谈到夜深。他的谨慎有规律的日常生活从不影响到他尖刻的观察力，无论什么新局面他都能应付。他说，"你可以在铁路旁边睡觉，而从来不被吵醒；大自然很知道什么声音是值得注意的，它已经决定了不去听那火车的汽笛声。而一切事物都尊敬虔诚的心灵，从来不会有什么东西打断我们心境的神往。"他注意到他屡次遇到这种事情：从远方收到一种稀有的植物之后，他不久就会在他自己常去的地方找到同样的植物。有一种好运气，只有精于赌博的人才碰得到，他就常常交到这种好运。有一天，他与一个陌生人一同走着，那人问他在哪里可以找到印第安箭镞，他回答，"处处都有，"弯下腰去，就立刻从地下拾起一个。在华盛顿山上，在特克门的山谷里，梭罗跌了一跤，跌得很重，一只脚扭了筋。正当他在那里爬起来的时候，他第一次看见一种稀有的菊科植物的叶子。

他健旺的常识，再加上壮健的手，锐利的观察力与坚强的意志，依旧不能解释他简单而秘密的生活中照耀着的优越性。我必须加上这重要的事实：他具有一种优秀的智慧，一种极少人数特有的智慧，使他能够将物质世界看作一种工具与象征。诗人们有时候也有同样的发现，这种感觉偶然也给予他们一种间歇性的光明，作为他们作品的装饰，然而在他，这却是一种永不休息的洞察力；他或许有些缺点或是性情上的障碍，可能投下暗影，然而他永远服从那神圣的启示。他年青的时候有一次说，"我一切的艺术都属于另一个世界；我的铅笔不画别的；我的折刀不刻别的；我并不仅只将另一个世界当作一个工具。"这是他的灵感，他的天才，控制着他的意见，谈话，学习，工作，与生命过程。这使他目光锐利，善于判断人。他一眼看到一个人，就能估量这人，虽然他对于某些文化的优美的特质毫不注意，他很能够说出那人的重要性与品质。他的谈话常常使人感到他是一个天才，这就是造成那印象的原因。

他只要看一眼，就能明瞭当前的事件，看出与他谈话的人们的有限的贫乏的个性，什么都瞒不过他那双可怕的眼睛。我屡次见到敏感的青年在一刹那间就倾心于他，相信这正是他们所寻找的人，一切人中唯有他能够告诉他们应当做些什么事。他自己对他们的态度从来不是友善的，而是高傲的，教训式的，藐视他们渺小的习尚；经过很长的时期才肯——或是完全不肯——与他们交往，答应到他们家里去，或是甚至于让他们到他家里来。"他可肯和他们一同散步？""他不知道。在他看来，没有一样东西比他的散步更重要的；他不能将他的散步浪费在客人身上。"有地位的人请他去游览，但是他拒绝了。钦佩他的朋友要出钱供给他到黄石河上去游历——到西印度群岛——到南美洲。但是，他虽然是经过最严肃的考虑才拒绝的，他的态度使人想起那纨袴子布勒穆尔，在一阵骤雨中，有一个绅士邀请他乘他的马车，布勒穆尔回答，"但是我坐了你的马车，你坐到哪里去呢？"——梭罗的友伴们并且可以记得他那谴责性的沉默，那种锐利的，不可抗拒的言辞，击碎对方的一切抗辩。

梭罗以全部的爱情将他的天才贡献给他故乡的田野与山水，因而使一切识字的美国人与海外的人都熟知它们，对它们感到兴趣。他生在河岸上，也死在那里，那条河，从它的发源处直到它与迈利麦克河交流的地方，他都完全熟悉。他在夏季与冬季观察了它许多年，日夜每一小时都观察过它。麻省委派的水利委员最近去测量，而他几年前早已由他私人的实验得到同样的结果。河床里，河岸上，或是河上的空气里发生的每一件事；各种鱼类，牠们产卵，牠们的巢，牠们的态度，牠们的食物；一年一次在某一个夜晚在空中纷飞着的鲋蝇，被鱼类吞食，吃得太饱，有些鱼竟胀死了；水浅处的圆锥形的一堆堆小石头，小鱼的庞大的巢，有时候一辆货车都装它不下；常到溪上来的鸟，苍鹭、野鸭、冠鸭、鸀鹏、鹗；岸上的蛇，麝香鼠，水獭，山鼠，与狐狸；在河岸上的龟鳖，蛤蟆，蟾蜍与蟋蟀——他全都熟悉，就像牠们是城里的居民，同类的生物；所以人们如果单独叙述这些生物中的某一种，尤其是说出牠的尺寸大小，或是展览牠的骨骼，或是将一只松鼠或一只鸟的标本浸在酒精里，他都觉得荒诞可笑，或是认为这是一种暴行。他喜欢描写那条河的作风，将它说成一个法定的生物，而他的叙述总是非常精确，永远以他观察到的事实作为根据。他对于这一个地段的池塘也和这条河一样地熟悉。

别人调查这些，最重要的工具是显微镜与酒精，而他有一种工具，对于他还更重要——那本来是一种兴致，他自己纵容自己，渐渐为这思想所支配，就连在最严肃的场合也表现出这种思想，那就是：赞美他自己的城市与近郊，说它是最宜于观察自然界的地点。他说麻省的植物几乎包括美国的一切重要植物——大部份的橡树，大部份的杨树，最好的松树，桦树，枫树，山毛榉，各种坚果树。他向一个朋友借了一本凯恩所著的《冰带旅行》，把书还给那人的时候，说"书中记录的大部份的现象，在康柯德都可以观察到。"他仿佛有一点妒忌北极，因为它那里日出与日落同时发生，六个月后才有五分钟的白昼：那是一件伟大的事实，他从来没有在别的地方发现。他有一次散步，找到红雪，他告诉我预料有一天还会在本地找到睡莲花。他总替土生的植物辩护，他承认他宁愿要莠草，不要外国输入的植物，正如他喜欢印第安人而不喜欢文明人；他很愉快地注意到他邻人的豆架比自己的长得快。

"你看这些莠草，"他说，"有一百万个农人整个的春天夏天锄它，然而它仍旧占优势，现在正在一切田径，牧场，田野与花园上胜利地生了出来——它们这样精力旺盛。我们而且用卑贱的名字去侮辱它——例如'猪草'、'苦艾'、'鸡草'、'鲥花'。"他说，"它们也有雅致的名字——长生草，繁缕，枎栘，雁来红……诸如此类。"

他喜欢无论说到什么都要参照他本乡的地段，我想这并不是因为他不熟悉地球上别的地域或是低估了别的地域，而是戏谑地表示他深信一切地方都没有分别，对于一个人最适宜的地方就是他所在的地点。他有一次这样表示过，"你脚下踏着的这点土，你如果不觉得它比这世界上（或是任何世界上）任何别的土更甜润，那我就认为你这人毫无希望了。"

他用来征服科学上的一切阻碍的另一工具，就是忍耐。他知道怎样坐在那里一动也不动，成为他身下那块石头的一部份，一直等到那些躲避他的鱼鸟爬虫又都回来继续做牠们惯常做的事，甚至于由于好奇心，会到他跟前来凝视他。

与他一同散步是一件愉快的事，也是一种特权。他像一只狐狸或是鸟一样地彻底知道这地方，也像牠们一样，有他自己的小路，可以自由通过。他可以看出雪中或是地上的每一道足迹，知道哪一种生物在他之前走过这条路。我们对于这样的一个向导员必须绝对服从，而这是非常值得的。他夹着一本旧乐谱，可以把植物压在书里；他口袋里带着他的日记簿与铅笔，一只小望远镜预备看鸟，一只显微镜，大型的折刀，麻线。他戴着一顶草帽，穿着坚固的皮鞋，坚牢的灰色裤子，可以冒险通过矮橡树与牛尾菜，也可以爬到树上去找鹰巢或是松鼠巢。他徒步涉过池塘去找水生植物，他强壮的腿也是他盔甲中重要的一部。我所说的那一天，他去找龙胆花，看见它在那宽阔的池塘对过，他检验那小花之后，断定它已经开了五天。他从胸前的口袋把日记簿掏出来，读出一切应当在这一天开花的植物的名字，他记录这些，就像一个银行家记录他的票据几时到期。兰花要到明天才开花。他想他如果从昏睡中醒来，在这沼泽里，他可以从植物上看出是几月几日，不会算错在两天之外。红尾鸟到处飞着；不久那优美的蜡嘴鸟也出现了，牠那鲜艳的猩红色非常刺眼，"使一个冒失地看牠的人不得不拭眼睛"，牠的声音优美清脆，梭罗将牠比作一只医好了沙哑喉咙的莺。不久他又听到一种啼声，他称那种鸟为"夜鸣鸟"，他始终不知道那些是什么鸟，寻找了牠十二年，每次他又看见牠，牠总是正在向一棵树或是矮丛中钻去，再也找不到牠；只有这种鸟白昼与夜间同样地歌唱。我告诉他要当心，万一找到了牠，把牠记录下来，生命也许没有什么别的东西可以给他看的了。他说，"你半生一直寻找着而找不到的东西，有一天你会和它觌面相逢，得窥全豹。你寻它像寻梦一样，而你一找到它，就成了它的俘虏。"

他对于花或鸟的兴趣蕴藏在他心灵深处，与大自然有关——而他从来不去试着给大自然的意义下定义。他不肯把他观察所得的回忆录贡献给自然史学会。"为什么我要这样做？将那描写单独拆下来，与我脑子里别的与它有关的东西分开，在我看来，它就失去了它的真实性与价值：而他们并不要那些附属的东西。"他的观察力仿佛表示他在五官之外还有别的知觉。他看起东西来就像用显微镜一样，听起声音来就像用聚声筒一样，而他的记忆力简直就是他所有的见闻的一本摄影记录。然而没有人比他更知道这一点：事实并不重要，重要的是这事实给你心灵的印象，或是对于你心灵的影响。每一件事实都光荣地躺在他心灵里，代表整个结构的井井有条与美丽。

他决定研究自然史，纯是出于天性。他承认他有时候觉得自己像一条猎犬或是一头豹，如果他生在印第安人之间，一定是一个残忍的猎人。但是他被他那麻省的文化所约束，因此他研究植物学与鱼类学，用这温和的方式打猎。他与动物接近，使人想起汤麦斯·福勒关于养蜂家柏特勒的记录，"不是他告诉蜜蜂许多话，就是蜜蜂告诉他许多话。"蛇盘在他腿上；鱼游到他手中，他把牠们从水里拿出来；他抓住山拨鼠的尾巴，把牠从洞里拉出来；他保护狐狸不被猎人伤害。我们这自然学家绝对慷慨；他什么都不瞒人；他肯带你到苍鹭常去的地方，甚至于到他最珍视的植物学的沼泽那里——也许他知道你永远不会再找到那地方，然而无论如何，他是愿意冒这个险的。

从来没有任何大学要给他一张文凭，或是要请他去做教授；没有一个学院请他做它的特约撰述员，它的考察家，或是仅只做它的一个会员。也许这些饱学的团体怕被他讽刺。然而很少有人像他这样深知大自然的秘密与天才；这种知识的综合，没有一个人比他更广大更严正。因为他毫不尊敬任何人任何团体的意见，而只向真理本身致敬；他每逢发现一个学者有重视礼貌的倾向，就不信任这人了。他本城的居民起初只认为他是一个怪人，后来渐渐地尊敬钦佩他。雇他测量的农民很快地就发现他稀有的精确与技巧，他熟知他们的田地，树木，鸟类，印第安人的遗迹与诸如此类的东西，这使他能够告诉他们许多事，关于他们的农场，都是他们闻所未闻的；所以他们开始有点觉得仿佛梭罗比他们更有权利拥有他们的田地。他们也觉得他的个性的优越性，这使他对于一切说话都有份量。

康柯德有许多印第安人的遗物——箭镞，石凿，杵，与陶器的碎片；在河岸上，大堆的蚌壳与灰是一种标志，表示那是野蛮人常去的地点。这些，与每一件与印第安人有关的事，在他眼中都是重要的。他到缅因州去游历，主要是为了爱印第安人。他可以看到他们制造树皮独木舟，同时还可以一试身手，在湍流上操舟。关于怎样制造石箭镞极想研究；他临终的时候还嘱咐一个动身到落矶山去的青年，叫他找一个知道怎样制造石箭镞的印第安人："为了学到这个，值得到加利福尼亚去一次。"偶尔有一小队潘诺布斯葛忒印第安人到康柯德来，夏天在河岸上搭起帐篷，住几个星期。他总要和他们之间最好的一些人结交。他最后一次到缅因州游历，老城的一个聪敏的印第安人，名叫约瑟·波利斯，做他的向导做了好几个星期，他从这人那里得到很大的满足。

他也同样地对每一件天然的事实都感到兴趣。他深入的观察力在整个的自然界中都发现同样的法律，据我所知，没有另一个天才能像他这样迅速地从一个单独的事实上推知普遍的定律。他不是只知道研究某一种部门学问的腐儒。他张开了眼睛接受美，耳朵随时接受音乐。他不是仅只在稀有的情形下才找到美与音乐，而是无论到哪里都找到。他认为最好的音乐是在单独的曲调中；他在电报线的嗡嗡声中也发现诗意的暗示。

他的诗有好有坏；无疑地，他缺乏一种抒情的能力与文字技巧，但是他在他性灵的知觉上有诗的泉源。他是一个好的读者与批评家，他对于诗的判断是基本性的。任何作品中有没有诗的原素，是瞒不过他的；他渴望得到诗的原素，这使他不注意浮面的美，也许还藐视它。他会撇开许多细致的韵节，而在一本书里可以看出每一段或是每一行活的诗；他也善于在散文中找出同样的诗意的魅力。他太爱精神上的美，所以相形之下，对于一切实际上写出来的诗都没有多大敬意。他钦佩易斯契勒斯[2]与萍达；但是，有一次有人在那里赞美他们，他却说易斯契勒斯与别的希腊诗人描写阿波罗与奥菲斯，从来没有一段真的诗，或者可以说没有好的诗。"他们不应当一味缠绵悱恻，连木石都被感动了；而应当向诸神唱出那样一首赞美诗，唱得他们脑子里旧的思想统统排斥出来，新的吸收进去。"他自己的诗章往往是粗陋有缺点的。金子还不是纯金，而是粗糙的，有许多渣滓。百里香与玛菊伦花还没有酿成蜜。但是他如果缺少抒情的精美与技巧上的优点，如果他没有诗人的气质，他从不缺乏那启发诗歌的思想，这表示他的天才胜过他的才能。他知道幻想的价值，它能够提高人生，安慰人生；他喜欢将每一个思想都化为一种象征。你所说的事实是没有价值的，只有它的印象有价值。因为这缘故，他的仪表是诗意的，永远惹起别人的好奇心，要想更进一层知道他心灵的秘密。他在许多事上都是有保留的，有些事物，在他自己看来依旧是神圣的，他不愿让俗眼看到，他很会将他的经验罩上一层诗意的纱幕。凡是读到《华尔敦》[3] 这本书的人，都曾记得他怎样用一种神话的格式记录他的失望——

"我很久以前失去一条猎犬，一匹栗色的马与一只斑鸠，至今仍旧在找寻牠们。我向许多游历的人说到牠们，描写牠们的足迹，怎样唤牠们，牠们就会应声而至。我遇见过一两个人曾经听到那猎犬的吠声，与马蹄声，甚至于曾经看到那斑鸠在云中消失；他们也急于要寻回牠们，就像是他们自己失去的一样。"

他的谜语是值得读的。我说老实话，有时候我不懂他的辞句，然而那辞句仍旧是恰当的。他的真理这样丰富，他不犯着去堆砌空洞的字句。他题为"同情"的一首诗显露禁欲主义的重重钢甲下的温情，与它激发的理智的技巧。他古典式的诗"烟"使人想起西蒙尼地斯[4]，而比西蒙尼地斯的任何一首诗都好。他的传记就在他的诗里。他惯常的思想使他所有的诗都成为赞美诗，颂扬一切原因的原因，颂扬将生命赋予他并且控制他的精神的圣灵——

我本来只有耳朵，现在却有了听觉；
以前只有眼睛，现在却有了视力；
我只活了若干年，而现在每一刹那都生活，
以前只知道学问，现在却能辨别真理。

尤其是在这宗教性的诗里——

> 其实现在就是我诞生的时辰，
> 也只有现在是我的壮年；
> 我决不怀疑那默默无言的爱情，
> 那不是我的身价或我的贫乏所买得来，
> 我年青它向我追求，老了它还向我追求，
> 它领导我，把我带到今天这夜间。

虽然他的作品里说到教会与牧师有时候语气很暴躁，他是一个稀有的温柔的绝对信奉宗教的人，无论在动作或是思想上，他都绝对不会亵渎上帝。当然，他独创一格的思想与生活使他孤立，与社会上的宗教形式隔离。我们不必批评他这一点，也不必认为遗憾。亚里斯多德早已解释过，说，"一个人的德行超过他那城市中其他的公民，他就不复是那城市的一部份了。他们的法律不是为他而设的，因为他对于他自己就是一种法律。"

梭罗是最真挚的；先知们深信道德的定律，他圣洁的生活可以证明他们这种信仰是有根据的。他的生活是一种肯定的经验，我们无法忽视它。他说的话都是真理，他可以作最深奥最严格的谈话；他能医治任何灵魂的创伤；他是一个友人，他不但知道友谊的秘密，而且有几个人几乎崇拜他，向他坦白一切，将他奉为先知，知道他那性灵与伟大的心的深奥的价值。他认为没有宗教或是某种信仰，永远做不出任何伟大的事；他认为那些偏执的宗派信徒也应当牢记这一点。

当然他的美德有时候太趋极端。他要求一切人都绝对诚实，毫不通融，我们很容易可以看出这是他那种严肃的态度的起因，而这严肃的态度使他非常孤独，他虽然是自愿做隐士，却并不想孤独到这一个地步。他自己是绝对正直的，他对别人也要求得一样多。他憎嫌罪恶，无论什么荣华富贵也不能掩盖罪恶。庄严的富有的人们如果有欺骗的行为，也最容易被他看出来，就像他看见乞丐行骗一样，他对他们也同样地感到鄙夷。他以这样一种危险性的坦白态度处事，钦佩他的人称他为"那可怕的梭罗"，仿佛他静默的时候也在说话，走开之后也还在场。我想他的理想太严格了，它甚至干涉他的行动，使他不能够在人间得到足够的友情，这是不健康的。

一个现实主义者总惯于发现事物与它们的外表相反，这使他有一种倾向，总喜欢故作惊人之语。他那种敌意成了一种习惯，这习惯毁伤了他早期的作品的外貌——那是一种修辞学上的手法，就连他后来的作品也还没有完全摆脱这种作风，以一个完全相反的字眼或思想来代替那通常的字眼或思想。他赞美荒山与冬天的树林，说它们有一种家庭气氛，发现冰雪是闷热的，称赞荒野，说它像罗马与巴黎。"它这样干燥，你简直可以叫它潮湿。"

他有种倾向，要放大这一刹那；眼前的一个物件或是几个综合的物件，他要在那里面看出一切自然界的定律。有些人没有哲学家的观察力，看不出一切事物的一致性；在他们眼光中，他这种倾向当然是可笑的。在他看来，根本无所谓大小。池塘是一个小海洋；大西洋是一个大的华尔敦池塘。每一件小事实，他都引证宇宙的定律。虽然他的原意是要公正，他似乎有一种思想萦绕于心，以为当代的科学自命它是完美的，而他刚正发现那些有名的科学家忽略了某一点，没有鉴别某一种植物种类，没有描写它的种子，或是数它的花萼。我们这样回答他，"那就是说，那些傻瓜不是生在康柯德；但是谁说他们是生在这里的？他们太不幸了，生在伦敦，或是巴黎，或是罗马；但是，可怜，他们也尽了最大的努力，当然他们很吃亏，他们从来没有见过康柯德附近的培次门池塘，或是九亩角，或是贝琪·史多沼泽，而且，上天派你到这世界上来，不就是为了加上这点观察？"

他的天才如果仅只是沉思性的，他是适于这种生活的；但是他这样精力旺盛，又有实际的能力，他仿佛天生应当创造大事业，应当发号施令；他失去了他稀有的行动力，我觉得非常遗憾，因此我不得不认为他没有壮志是他的一个缺点。他因为缺少壮志，他不为整个的美国设计一切，而做了一个采浆果远足队的首领。

但是这些弱点，不论是真的还是浮面上的，都很快地消失在这样健康智慧的一个性灵的不断的生长中，以它的新胜利涂没它的失败。他对于大自然的研究是他永远的光荣，使他的友人们充满了好奇心，想从他的观点看这世界，听他的冒险故事。他的故事包含着各种各样的兴趣。

他一方面嘲笑世俗的文雅习惯；然而他自己也有许多文雅的习惯。他怕听他自己的脚步声，砂砾轧轧作响；所以他从来不是自愿在路上走，而喜欢在草上，山上，树林中行走。他的知觉是敏锐的，他说晚上每一个住宅都发出恶气，像一个屠场一样。他喜欢苜蓿纯洁的香味。他对于某些植物特别有好感，尤其是睡莲，次之，就是龙胆，常春藤，永生花，与一棵菩提树，每年七月中旬它开花的时候他总去看它。他认为凭着香气比凭视觉来审查更为玄妙——更玄妙，也更可靠。当然，香气揭露了我们看不见，听不见,捉摸不到的东西。他凭香味可以嗅出俗气来。他喜欢回声,说它几乎是他所听到的唯一的同类的声音。他酷爱大自然,在大自然中独处感到非常快乐,甚至于使他嫉视城市,城市的教化与谋略将人类与他们的住宅改变得不成模样。斧头永远在那里破坏他的树林。他说,"幸而他们不能把云砍下来。""那蓝色的背景上用这纤维质的白色颜料画出各种形状。"

我从他未发表的原稿上摘出几句话来,附在这里,不但可以作为他的思想与感情的纪录,而且也是为了它们的描写能力与文艺价值——

有些"情况证据"是非常有力的,譬如有时候你在牛奶里发现一条鲟鱼。

鲢鱼是一种柔软的鱼,滋味像煮熟的皮纸加上盐。

年青人收集材料,预备造一座桥通到月亮上,或是也许在地球上造一座宫殿或庙宇,而最后那中年人决定用这些材料造一间木屋。

健康的耳朵里听到的声音,比吃糖还甜。

我搁上一些长青树枝,那腴美辛辣的爆炸声在耳朵里听来,有芥末的感觉,又像是无数联队的枪炮声。枯树爱火。

蓝鸟把天驮在牠背上。

鸢在绿色的枝叶中飞过,仿佛牠会使树叶着火。

长生不老的水,连表面都是活的。

火是最不讨厌的第三者。

羊齿草纯是叶子,大自然制造它,是为了要给我们看它能造出多么好的叶子。

没有一种树有像山毛榉那样美丽的树干，那样漂亮的脚背。

那淡水蚌，埋在我们黑暗的河底的泥里，牠壳上美丽的虹彩是从哪里来的？

如果那婴儿的鞋子是另一个小孩的旧鞋，那真是一个艰苦的时代了。

我们什么都不必怕，只怕恐怖。相形之下，上帝或者宁取无神论。

你能够忘记的东西是没有意义的。我们稍稍需要一点思想，用它作为全世界的庙祝，照管庙宇中的一切宝贵的物件。

我们没有经过品行上的播种时期，怎么能预期思想上有收获？

有期望而镇静处之，不动声色，只有这种人，我们能够将宝贵的礼物付托在他们手里。

我要求被融化。金属品在火中融化，你只能要求它对火温柔。它不能对任何别的东西温柔。

植物学者知道有一种花——我们那种夏季植物，叫做"永生花"的，与它同是"菊科"——生在提乐尔山上的危崖上，几乎连羚羊都不敢上去，猎人被它的美引诱着，又被他的爱情引诱着（因为瑞士姑娘们非常珍视这种花），爬上去采它，有时候被人发现他跌死在山脚下，手里拿着这朵花。植物学家叫它薄雪草，但是瑞士人叫它 Edelweiss，它的意义就是"纯洁"。我觉得梭罗仿佛一生都希望能采到这植物，它理应是他的。他进行的研究，规模非常大，需要有极长的寿命才能完成，所以我们完全没想到他会忽然逝世。美国还没有知道——以致毫不知道它失去了多么伟大的一个国民。这似乎是一种罪恶，使他的工作没有做完就离开了，而没有人能替他完成；对于这样高贵的灵魂，又仿佛是一种侮辱——他还没有真正给他的同侪看到他是怎样的一个人，就离开了人世。但至少他是满足的。他的灵魂是应当和最高贵的灵魂作伴的；他在短短的一生中学完了这世界上一切的才技；无论在什么地方，只要有学问，有道德的，爱美的人，一定都是他的忠实读者。

〔注释〕

[1] John Brown（1800－1859），美国主张废除黑奴制者，唆使黑奴叛变，企图占领哈柏斯渡（Harpers Ferry）兵工厂，事败被捕，被判绞刑。

[2] Aeschylus（525－456 B.C.），希腊悲剧诗人，著有 *Prometheus*（见《历史》章注十九），*Oresteia*（见《悲剧性》章注三）等。

[3] *Walden*，梭罗名著之一，有中译本出版，译本名《湖滨散记》。

[4] Simonides，纪元前六至五世纪希腊抒情诗人。

三　卡莱尔

　　汤麦司·卡莱尔有伟大的口才，他的谈话与他的文字一样地不同凡响——我认为比他的文字更是不同凡响。

　　他并不完全是一个学者——我的朋友们大都如此——而是一个讲求实际的苏格兰人，这种人你在任何马鞍店或是铁匠店里都可以找到，不过偶然——很使人诧异地——他同时也是一个可钦佩的学者与作家。你如果要确切地知道他怎样谈话，你只要假定某花匠在日常的工作之暇能有足够的时间读柏拉图与莎士比亚，奥古斯汀与喀尔文，但是他依然故我，丝毫未变，藐视地谈到这一切胡说八道搅扰他的书，那就正是卡莱尔的口吻与言语与笑声。我称他为一个粗中有细的人。他也有一种强烈的宗教色彩，像粗鲁的人有时候那样。他这宗教色彩与他一切的性情都有一种暴躁的性质，对于基督教犹太教与这老套的一切现在的演出都感到不耐烦。听他说话，他仿佛是一个非常不快乐的人——感到极深的寂寞，他四周的一切人与事物都使他不快，都妨害他，他坐待时机，默想着怎样能够设法颠覆炸毁这整个使他痛苦的胡闹的世界。显然各种各样的人都非常尊敬他，他像威勃司特一样地深知自己的价值，他的行为有时使我想起威勃司特；他对于社会用不着逢迎趋奉。

他在英国与伦敦塔一样著名。固然美国没有一个人敢要求与卡莱尔谈话，但是他也绝对不能使我们美国人得到满足，完全不能回答我们的问句。他是一个非常国民性的人物，把他移植过来是绝对不可能的。他们把卡莱尔当作一种轻便的教堂巨钟，喜欢在不认识他的人前把他拿出来敲动，使一切人感到诧异，惊愕——主教，朝臣，学者，作家——而在英国，因为在座的人都不提出名字来互相介绍，所以效果非常大，众人都急于要询问那是谁。挪登的福司特描写给我听，有一次在一个乡村的旅店里的公共餐桌上吃晚饭，他把卡莱尔带了去。一个爱尔兰牧师不知说了一句什么话，卡莱尔开始说话了，起初向侍者们说，然后对着墙说，最后无疑地是向那牧师说的，他的态度使在座的人全都害怕起来。

年轻人，尤其是有自由思想的年轻人，都急于要谒见他，但是我觉得这就像还没有上过课之前就急于要见数学教授或是希腊文教授。要去访问他，单靠有一件干净衬衫与看得懂德文书，是不够的。他对他们非常藐视；他们宣称信仰自由，而他拥护奴隶制度；他们赞美共和国，而他喜欢沙皇；他们钦佩柯勃登[1]与自由贸易，而他在政治经济上是一个保护关税主义者；他们吃蔬菜，喝水，而他这苏格兰人相信英国的国民性对于牛羊肉有一种纯洁的热诚——他津津有味地描写成群结队的人凝视着商店橱窗里的牛腰肉，他甚至于喜欢苏格兰人临睡前喝的酒；他们赞美道德的劝诱，而他赞成谋杀，金钱，死刑，以及其他的英国法律上不太佳妙的可恶的事。他们希望有新闻自由，而他认为他如果被选入议会，要做的第一件事情就是逐出那些新闻记者，停止各种有害的言论，博人欢心的演说，不许唠叨的人发言。他说，"在'长期议会'[2]中——那是唯一的伟大的议会——他们秘密地沉默地坐在那里，像一个教会全体会议一样地严肃，如果有一个人混进去了，而出去之后想把他们做了些什么事告诉别人，我不知道他们会怎样对付他。"他们赞成自由的制度，对于事物不加干涉，使每一个人都有机会与动机，他却赞成一个严酷的政府，向人民指出他们必须做什么，并且逼着他们这样做。他说，"在我们这里，议会每年收集六百万镑给穷人，然而人民还是挨饿。我想他们如果肯把这笔钱给我，让我给穷人工做，让我有权力逼他们做工或是枪毙他们——如果我做不到这一点，就把我绞死——结果他们会有许多玉蜀黍粉吃。"

他很快地就投身到另一面去。如果你提倡自由贸易，他就记起每一个劳动者都是一个垄断者。英国商业兴盛，全靠它的航海法律。"圣约翰被荷兰人侮辱了；他回家来，使我们通过一条法律，征收外国船只高额的税款，这对于荷兰人是一个致命伤，因而英国商业就兴盛起来。"如果你夸耀这国家怎样增长，给他看户口调查的绝好的成绩，他认为没有比一大群人更使人抑郁的景象。他告诉我他有一次看见三四哩的人，他想像"这地球是一块大乳酪，而这些东西是老鼠。"他恨街头演说与模范共和团，如果一个保守党员因此生气，他就这样回答："是的，你们想像世上有这样一个蠢猪似的兵士，他服从命令，能够遵守军官的命令向他自己的父亲开枪，这种观念对于一个贵族化的心灵是一个很大的安慰。"卡莱尔其实并不是爱好这种或那种教条，他只是喜欢他的友伴们性情真挚，因为真挚是一切力量的泉源。

如果一个学者来到伐木者的野营中，或是替船只装置樯绳的一群工人之间，那些人很快地就会看出他个性上的任何缺点。除了真实的健全的品质，此外无论什么他们都不通过。同样地，卡莱尔这人是一只钉锤，击碎人们的庸俗与自命不凡的心理。他能够立刻侦察出人们的弱点，立刻触及它。他有一种活泼的，进取的气质，别人无法感动他。文艺界的人，时髦人，政客，每一个人都是刚从他们自己的活动范围内得到了胜利，迫切地来看这人，他们曾经真心欣赏过他的谐趣，他们确定他们会得到欢迎，而一开始就感到绝望。他那坚定的，胜利的，嘲弄的詈骂，打击他们，使他们意气沮丧，踟蹰不前。他的谈话往往使你想起人家所说的关于约翰生的话，"如果他的枪弹没有打中你，他会用枪柄把你打倒。"

纯属理智性的结党，使他感到厌倦；如果一个人所拥护的主义并非他天生要拥护的，生来与他有密切关系的，卡莱尔能够立刻看出他的破绽。任何事物的天然的保卫者，挚爱某种主张的人，肯为他所拥护的东西而生活，肯为他死，除了他自己的事，什么都不放在心上——卡莱尔尊敬这样的人；目标越高尚越好。他恨无聊文人；基梭 [3] 曾经做路易·菲力普 [4] 的傀儡多年，如果他现在来写论文，关于华盛顿的个性，关于"美"，关于"历史的哲学"，卡莱尔一定认为这都是不足道的。

他非常尊敬现实——凡是从一个活动的人的本性中发出的一切特性，他都尊敬。这种心理，他听任它发展对于"力"的盲目崇拜。一个坚强的个性在他看来总有一种魅力，仿佛他完全没有审查这种力是神力还是恶魔的力量，就已经对它发生好感。他开大炮似地宣讲他的教旨：每一个高尚的天性是上帝创造的，如果它含有野蛮的热情，它也含有适当的抑制，与伟大的冲动；它无论怎样放肆，也会循着它的轨道，从远处兜回来。

英国人最崇拜的那种合度的举止（英国人在这一方面的造就也确是超过世界各国），卡莱尔并不尊敬它。他认为这都是炫示我们肉体的欲望使他怒火中烧。

他与一切尊严战斗；而他们的道德情操非常严厉，这与他的战斗结合在一起，并且使他所有的讽刺都更加尖锐化。他把一个作伪者的羽毛拔下来，露出下面枯瘦的假道学，让我们尽量嘲笑它；然而他同时也崇拜一个人内心具有的无论何种热诚，坚忍，仁爱，或是其他的良好的天性的征象。

他的素质中最根深柢固的东西是他的幽默——他以一种体谅人的，俯就的，好脾气的态度观看每一个存在的物件，就像一个人看一只老鼠一样。他觉得一个人如果绝对健康，一定善于戏谑，所以他即使看到沉闷的东西或是悲剧，他的态度也不严肃。

领导他的天才，就是他的道德感，和他对于真理与公正的重要性的理解力；但是它是个性的真理，不是教条的真理。他说："严格地说来，英国是没有宗教的。在英国著名的马市选购马匹的那些懒惰的贵族们——他们不会工作，说的话也没有一句是有严肃的目标的；他们有这么个伟大的说谎的教会；生命整个是个骗局。"他觉得剑桥大学比牛津好些，但是他认为牛津与剑桥的教育使青年人变成顽固，正如希腊神话中的阿克利斯在斯提克司河中洗浴后就刀枪不入，因此青年人从那些大学里出来的时候，他们就说："现在我们防御坚强了；一切的学位我们都得到了，我们的皮变硬了，能抗拒宇宙中的真理；不论是人是神都无法刺透我们。"

他尊敬威灵敦[5]，认为他是真实诚恳的，认为他是下了决心永不与任何一种谎话搅在一起。爱德文·却德威克是他所崇拜的英雄之一——那人建议供给伦敦每一座住宅清洁的水，每一个个人六十加仑，代价是每星期一辨士。卡莱尔认为现在一切宗教都趋于腐败堕落，一个人能够安全地做到的唯一的宗教行为就是把自己洗洗干净。

当然一八四八年的法国新革命是他所看到的最好的事，他感到极大的满足，因为这给了那大骗子路易·菲力普一个教训，让他知道宇宙中到底还是有上帝的公理。尼古拉沙皇是他崇拜的英雄；因为在欧洲的许多丑行中，所有的宝座都像纸牌搭的房屋一样纷纷倒塌，没有一个国王有良心，肯为他的王位发出一粒枪弹，人人都剃光了头，狼狈出走；只有一个人没有走，他相信他是上帝把他安置在那里，叫他统治他的帝国，而由于上帝的帮助，他是下了决心站定在那里。

他将这艰苦的时代看得非常严重；他早已看出罪恶将要来到，但是以为在他这一辈子是不会来的。他认为智慧的人应当研究社会问题——那是他们应当研究的唯一问题——而不该研究艺术与优美的幻想与诗歌之类的东西。他们与这种谎话与胡言搅在一起的必然的结果，就是现在这混乱的情形。

卡莱尔在他的一生里始终保持着大丈夫的态度，胜过英国的一切人。他曾经为学者张目，而并不向任何学者请教他应当说些什么。他在最上级的社会里占据一个荣誉的地位，而他拥护人民，拥护人民宪章主义者，拥护贫民，刚毅地轻蔑地教诲贵族们他们有些什么必须执行的责任。

就我的判断，他见解上的错误与他这优点比较起来，是完全无足重轻的。没有人能够仿效他这种镇静功夫；这正是针对着当前情势的中心点。在英国，由于贵族阶级傲岸的落落寡合的态度，他们非常缓慢地才容许学者进入社会——在高级的社交圈内，只有寥寥几家人家曾经有任何学者踏进他们的门限——而他挺直了腰，使他自己成为一切人都承认的一种势力，教导学者们认识他们崇高的责任。他从来不怕任何人。

〔注释〕

[1] Richard Cobden（1804－1865），英国政治家，经济学者，主张自由贸易。

[2] Long Parliament，英国议会史中最长之一届议会，于一六四〇年召开，一六五三年被克伦威尔（Cromwell）强行解散，克氏死后，于一六五九年复会，翌年解散。

[3] Francois Pierre Guillaume Guizot（1787－1874），法国历史家，政治家。

[4] Louis Philippe（1773－1850），奥尔良公爵长子，一八三〇年法国革命时，被举为王，后以专制故，激起再革命，出亡英国。

[5] Duke of Wellington（1769－1852），英国名将，滑铁卢之役战败拿破仑，一八二八年任英国首相。

第五章　书信

编辑者言

爱默森的信札直到很晚方才引起注意。他与卡莱尔的通信在他逝世后不久就发表了，而这些信札是这一类文字中最好的例子。但是它们只表现出爱默森的一面，他的性格是多方面的，而他在他的书信中很奇异地能够简易地使自己适应对方。他写信给每一个人的时候，都变成那个人所了解的他。他有时候仿佛怀疑他有这种天才；他不知道他是否有权利声称他在友谊上是成功的；但是他的信札证明他有这权利。

爱默森早年的信札是家信，充满了种种秘密与笑话，有点像音乐家莫札特著名的书信的风格。他渐渐年纪大起来，忙碌起来，就没有那些时间作这一类的游戏，而且也不大感觉兴趣了。此后的信件有许多种，写给许多人。这些人包括爱默森的姑母玛丽，卡莱尔，黎地安·爱默森（嫁爱默森前原名丽蒂亚·杰克生）。不止一次，题材是爱默森的第一个孩子的死亡——他的儿子华尔多，死于一八四二年，时年五岁。这孩子的死，对于他父亲是一个重大的打击，久久没有恢复；他渐渐恢复后，终于能够写出《悲歌》，这首诗于一八四六年在他的诗集中刊出。然而他常常被卡莱尔与他所有的每一个朋友深深地感动。他的信札上所记录的虽然不完整，但是相当显露他的个性——他这人是这样和蔼可亲的，而同时又这样骄傲。

一　寄丽蒂亚·杰克生

(一八三五年二月一日，于康柯德)

我的一个智慧的导师爱德门·柏尔克说："一个智慧的人，他的话虽然是真理，他总把它说得不太过分，那么他可以说得时间长一点。"你在我心中唤起这种新感情，它的性质也许会使别人害怕，却使我欢喜，它这种安静，我认为是保证它能够永久不变。我在星期五非常愉快，因为我现在的地位仿佛是你家庭的一员了，而我们彼此间的了解一直在增长着，然而我去了又来了，而始终没有说出一句剧烈的话——也没有作过一次热情的表示。这并不是预先计画好的，我仅只是顺从当时的倾向，顺从事实。有一种爱情，因为对真理与博爱感到关切，反而把个人放在一边，不断地展缓实现个人的期望（其实这种期望或者也似乎是合理的），因而音调转变了，这样的爱我觉得它有一种庄严伟大。你不要以为我是一个抽象的爱人。我是一个人，我憎恨并且怀疑那些高雅过分的人；大自然，我们善良的养母，她利用最家常的愉快享受与吸引力将她的孩子们拉拢在一起，这家常的一切都引起我的共鸣。然而我还是非常快乐，因为在我们之间，最持久的联系是最先造成的；以这为基础，无论人性要生长出什么别的关系，都可以生长出来。

我母亲非常喜悦，问了我关于你的许多话，有许多问题都是我不能答覆的。我不知道你可会唱歌，可会读法文，或是拉丁文，你曾经住在什么地方，还有许多别的。所以你看，没有别的办法，你必须到这里来，在战场上忍受她的询问的炮火。

　　在今天早晨的凛冽但是美丽的光明中，我想着，亲爱的朋友，我实在不应当离开康柯德。我必须争取你，使你喜爱它。我天生是一个诗人，无疑地是一个低级的诗人，然而仍旧是一个诗人。那是我的本性与天职。我的歌喉确是"沙哑"的，而且大部分全是以散文写出来。然而我仍旧是一个诗人——这里所谓诗人只是一个人，他能够感觉到而又挚爱灵魂与物质中的音乐，尤其是灵魂的音乐与物质的音乐间相符之处。落日，树林，风雪，某一种河上的风景，在我看来比许多朋友都重要，它们通常与书籍分占我一天的时间。像康柯德这样的城市总有一百个，在那些城里我都可以找到这些必须的东西，但是我恐怕普利茅斯不是这样的城，普利茅斯是街道；我住在广阔的郊野里。

　　但是这件事留到以后再说吧。如果我能够顺利地预备好星期四关于布纳罗蒂 [1] 的演辞，我就在星期五到普利茅斯来。如果我失败了——不能达到这人的"意象"——我星期四就说一点关于路德的事，那我就不知道我什么时候能偷闲来一次了。

　　最亲爱的，原宥这整个一封信里的自大。他们不是说，"爱情越多，越是自大"？你应当用同样的自大，用更多的自大作为报复。写信，写信给我。我还要请求你，亲爱的丽蒂亚，在这件事上也听从我鄙陋的劝告，不要去想眼前的事，让天风吹去你的消化不良症。

华尔多·E

〔注释〕

[1] Michelangelo Bounarotti（1475－1564），义大利名画家，雕刻家，诗人。

二 寄汤麦司·卡莱尔

(一八三七年九月十三日，于康柯德)

亲爱的朋友：像《法国革命》这样贵重的礼物，我实在不应当耽延到现在才写信来承认我收到了。但是你们这种山上的居民，能够在早饭前爬上安底斯山呼吸新鲜空气——不能以你们的标准来衡量低地的居民与羸弱的人的表演。是一些什么小事使我一直沉默着，我想起来简直觉得羞惭，我不愿说出来。

《法国革命》我直到三星期前才收到，我发现它自从登陆之后，途中至少长期停顿过两次。常常有人来访问，又有一些文艺上的辩论，在这一切之间，我读完了两本，第三本读了一半：我认为你是一个非常好的巨人；你游戏着，你有一种独出心裁的，胸怀大志的谐趣；你觉得愉快与和平不够强烈，你自愿同时也吮吸痛苦，教热病与饥荒跳舞唱歌。我觉得你写了一本极好的书，它的寿命一定非常长。我认为你创造了一部历史，这世界也会承认它是历史。你看出除了官吏之外还有别的人存在，除了公民政治之外还有别的关系。你脱离了一切书籍，写出了一个心灵。这是一个勇敢的实验，那成功是伟大的。你的故事里有人，而不仅只是名字；永远是人，虽然有时候我也许要怀疑他们可真是历史上的人物。这里有伟大的事实——而且是经过选择的事实——忠实地记录下来。这里永远有人性，与残缺不全的，被毁伤了的各个人同时存在。灵魂仍旧有权利惊奇赞叹；有人被赞美，有人被判罪，都是非常正直的判断，绝对没有一句假道学的话。是的，你这一点可以自慰——呵，最不敬神的神圣的人——你从来不说假道学的话。最后一点是：这里没有一字一句是沉闷的。从来没有像你这样迅疾的作风——没有一个读者能跑得比你快；对于最聪慧的读者也是如此。那大胆的风趣与愉快，无论什么悲剧，无论多么壮阔的事迹都无法压倒它或是挫折它，我想大概没有比这更使人惊愕的了。亨利八世曾经说他爱一个"人"；我看见我的诗人永远能应付他所描写的危急的场面，我感到喜悦。因此我感谢你——你辛苦了，我觉得你同时代的人应当说，向你致敬，兄弟！你要永远活着，不但生存在那伟大的圣灵里（你一向就深深地吸进它的气息），而且——由于你所做的这件工作——你作为一个有姓名的人，也要永远生存着。

等我能够从焦点距离外看这本书——如果有这样的一天——等我反对之点有了确实的理由，我可以把我的许多异议集中起来，那时候我再多告诉你一些关于这本书的话。当然，我坚持它可以简单一点，不要像哥德式的，开花开得那样烂漫。你会说：窗户里点灯的规则，绝对不适用于北极光。但是，时而有一件特殊的事实溜到那叙述中，以明晰的商业化的辞句表白出来，这时候我总觉得神清气爽起来。这本书里的人物描绘确是可钦佩的；线条是犁耙耕出来的沟道；但是你虽然好，从前也有过好东西。克莱仑敦[1]在福尔克兰，汉普敦，与其他那些传记里，确实曾经画出种种明晰的轮廓，而他并没有反抗什么，也没有跳上天去。但愿我能够和你晤面谈一整天，我想知道你最最坦白的时候对于这本书怎样说法。

我觉得完全放心，它在美国一定会受欢迎。上星期六我听见说《衣裳哲学》[2] 共卖了一千一百六十六本。我告诉这本书的出版者《法国大革命史》暂时不能付印，要先给人家一点时间输入英国的版本，我已经请希利爱德·格莱公司输入二十本作为试验性质。现在汇兑率非常高，一先令值美金三角，他们认为再加上运费与关税，这本书在这里一定嫌太贵了，销不出去，但是我们相信汇兑率很快就会下跌；然后我的书就要运来了。我觉得很羞惭，你教育我们的年青人，而我们偷印你的书。将来有一天我们会有一条较好的法律，或者你们也许会采用我们的法律。

我接到你的信远在你的书寄到以前。你这一生做了非常好的工作。而你非常慷慨地将你的友爱给我，使我这人生的旅途变得美丽愉快。我能够称一个正直智慧的人为我的朋友，这是我最高的心愿，终于如愿以偿了。你在这样寥寥几年内丰富地布施你的天才，使我觉得我非常贫乏无用。我看我必须继续信赖你和一切勇敢的人，再过一个较长的时期，然而我仍旧希望有一天我能证实我的真诚与爱。我国的学者这样少，每一个好读书的人我们都需要他服务，尽他的能力使思想流通，目的是要造成某种重量，与金钱的力量对抗，并且竭力供给食物给那濒于挨饿的青年。所以我每年冬季虔诚地诵读演辞，别的时候无论何时有人召唤，也去演讲。去年，"历史的哲学"演说了十二次；而现在我在默想着一项科目，题目是我所谓"伦理学"。我尽我的能力从历史或是大自然里收集智慧，将这一切沿街叫卖，而我国同胞这样感谢地接受我这点微渺的贡献，使我看了觉得心酸。

好朋友，写信给我，告诉我你有没有到苏格兰去——你近来做些什么事，要做些什么事——告诉我你的妻子又强壮健康起来了，像我在克雷斤帕托克看见她的时候一样。请你代我挚爱地问候她。告诉我你什么时候到这里来。一星期前我召集了一个小俱乐部，在我这里消磨了一天——一共十五个人——他们每一个人都热烈地爱你。所以如果《法国革命》不能唤醒你故乡那罪恶的城市中的"呆笨的读者们"，我看你只好愤然而去，渡过大西洋，到新英格兰来。

你挚爱的，感到光荣的朋友

R·华尔多·爱默森

再者：你上城去的时候，我想麻烦你，托你做一件事，可以么？你曾经提起到红狮广场的利启商店去。能不能请你对他说他两三年前寄给我一些书，没有附账单。我自己写过一封信给他，又有一次托书商 S·柏戴忒，后来又有一次托 C·P·寇提斯先生，那人自称是他在波士顿的代理人——前后共有三次向他要这张账单。从来没有得到回音。我希望他寄账单来给我，好让我把账付清。如果他仍旧坚持着要自我牺牲，我想你可以将他写成具有神性的书商，使他永垂不朽。

我不久就寄一本《演辞》来给你，是在这里的一个文艺会发表的演说，现在正在印行中。我听见人说新威士敏寺里给卡莱尔留出一块墓地来，我很高兴。

〔注释〕

[1] Edward Hyde first Earl of Clarendon（1609－1674），英国大法官，著有《大叛乱史》等书。

[2] *Sartor Resartus*，卡莱尔名著。

三　寄玛丽·穆地·爱默森

（一八四二年一月廿八日，于康柯德）

　　我亲爱的姑母：我的孩子，我的孩子没有了。他星期一晚上病了，生猩红热，昨天晚上死了。我没有话可说。我的宝贝，全世界最奇妙的孩子——因为我无论在我自己家里或是别人家里都没有看见过一个可以与他比拟的孩子——他从我怀中逃走了，像一个梦一样。他像一颗晨星，使我的世界更为美丽，使我日常生活内的每一个细节都美丽起来。我睡在他近旁，一醒来就记得他……

　　我们从来没有——也没有任何人给他坏影响，他没有被泥土所玷污——我现在想到这一点，觉得很高兴。大家对他总是尊敬，几乎有宗教的感觉，因为天真实在总是伟大的，使人肃然起敬。但是我现在只能告诉你，我的天使消失了。虽然你几乎没有看见过他的面貌，你也会为这小旅人悲痛。

　　祝你平安，亲爱的姑母。

华尔多·E

　　＊根据美国 Mark Van Doren 编的 The Portable Emerson（一九四六）选译。一九五三年十一月香港天风出版社出版，书名《爱默森选集》。一九六三

年五月香港今日世界出版社出版，书名《爱默森文选》。一九九二年五月台北皇冠文学出版有限公司出版，书名《爱默森选集》。

爱默森诗选

〔美〕拉尔夫·华尔多·爱默森 著
Ralph Waldo Emerson

大神 （Brahma）

血污的杀人者若以为他杀了人，
死者若以为他已经被杀戮，
他们是对我玄妙的道了解不深——
我离去而又折回的道路。

遥远的，被遗忘的，如在我目前；
阴影与日光完全相仿；
消灭了的神祇仍在我之前出现；
荣辱于我都是一样。

忘了我的人，他是失算；
逃避我的人，我是他的两翅；
我是怀疑者，同时也是那疑团，
而我是那僧侣，也是他唱诵的圣诗。

有力的神道渴慕我的家宅，
七圣徒也同样痴心妄想；

但是你——谦卑的爱善者！

你找到了我，而抛弃了天堂！

〔**注释**〕

Brahma 为印度教中最高之神，所以译作"大神"，也就是"一切众生之父"，故本诗中也充满了东方宗教的思想。

海滨 （Seashore）

我听见——仿佛听见海洋在责骂：
进香人，你为什么来得这样晚？
我不是永远在这里？——你夏天的家。
我的声音你朝朝暮暮听来不是像音乐？
溽暑中我的气息不是温和的气候？
我触及你，是否其疾若失；我的海滨是否你的浴池？

人间有任何建筑比得上我的露台？
有像我这样富丽堂皇的床榻？
你躺在那温暖的石崖上，就会知道？
茅庐能使你满足，抵得上一个城市。
你雕琢的屋宇相形之下，
显得空虚。我的斧凿深入，
将沿岸山崖雕成洞穴。
你看！罗马、尼内瓦、提卜斯、
卡那克、金字塔、巨人阶 [1] 都已经坍塌，
或是半成废墟；而我最新的岩石

都比你们人类古老。

你看这海

色彩变幻，丰产而强有力，

然而像六月的玫瑰一样美艳，

像七月点点滴滴的虹光一样清新；

海洋充满了食物，养活各种族类，

洗净了大地，而又是人类的良药；

我用呼吸造成甘美的气候，

洗去回忆上的创伤与悲痛，

而我那数学一样准确的潮汐，

又暗示宇宙间有永恒不变。

海神都是富豪：——只有他们最多馈赠；

他们在海中摸索珍珠，但是不止珍珠：

在海中摘取力量，赠予大智慧者。

第达勒斯[2]认为每一个海波都是财富；

是财富，因为那灵巧的技工能够利用，

这无比的力量。波涛！他哪儿找得到

你壮大的肩膀扛不起的重负？

我用我的铁锤永远敲打

巉岩的海岸，将高山捣碎成灰，

铺在我的床上；在另一个时代里，

我会重建新大陆，住着较好的人。

我又卸下一重重的门闩：各国移民，

循着我的道路前进：我分散人类，

到这浪花如雪的海洋的每一边缘。

我也有我的技巧与巫术；
只要有波涛就有幻象。
这里有些什么梦魇我全知道。让我来对付，
轻信的，富于幻想的人；
他即使舀起我的水托在手心，
几丈外他就当它是宝石与云霞。
我在岸上布置异果与阳光，
远方人就感到某些海岸与孤岛的魅力，
使他们必须前去，否则只有死亡。

〔注释〕

[1] 尼内瓦是古时亚述帝国的首都。提卜斯是古希腊的名城，与雅典列于敌对地位。卡那克是埃及尼罗河傍的名城，现尚存有古庙的遗迹。此地所选用之六个地名，不是古时的名城，就是名建筑物，都经不起时间的考验，差不多荡然无存。

[2] 第达勒斯是希腊神话中的巧匠及发明家。

问题（The Problem）

我喜欢教堂；我喜欢僧衣；
我喜欢灵魂的先知；
我心里觉得僧寺中的通道
就像悦耳的音乐，或是沉思的微笑；
然而不论他的信仰能给他多大的启迪，
我不愿意做那黑衣的僧侣。

为什么那衣服穿在他身上那么能引诱，
而穿在我身上我却不能忍受？
菲地亚斯雕出可敬畏的天神的像 [1]，
并不是由于一种浅薄的虚荣思想；
刺激人心的台尔菲的预言 [2]
也并不是狡猾的骗子所编；
古代圣经中列举的责任
全都是从大自然的心中发生；
各国的祈祷文的来源
都是像火山的火焰，

从燃烧的地心里涌出的
爱与悲痛的赞美诗句：
多才的手弄圆了圣彼得堂的圆顶
弄穹了罗马各教堂上的弧棱，
显出来一种阴沉沉的虔诚气息，
他没有办法摆脱上帝；
他造得这样好，自己也不知道，
那灵醒的石头变得如此美妙。

你知道林鸟怎么会用它胸前的羽毛
与树叶来造它的巢？
你知道蚌怎样增建它的壳，
清晨刷新每一个细胞？
你知道那圣洁的松树怎样加增
无数新的松针？
这些神圣的大建筑也是这样起始，
爱与恐惧驱使人们堆上砖石。
地球佩戴着巴特农殿，非常骄傲 [3]，
将它当作她腰带上最好的一颗珠宝。
晨神急忙张开她的眼帘，
凝神着那些金字塔尖。
天空低下头来凑近英国的僧寺，
友善地，以亲热的眼光向它注视。
因为从思想的内层中
这些奇妙的建筑升入高空；

大自然欢悦地让出地方给它们住，
让它们归化她的种族；
并且赐予它们高寿，
与山岳一样地永久。

庙宇像草一样地生长着，
艺术必须服从，而不许超过。
被动的艺术家将他的手出借
给那超越他的庞大的灵魂设计。
树立这庙宇的一种力量，
它也骑在里面跪拜的信徒们身上。
那火热的圣灵降临节，它永远
将无数的群众都围上一道火焰，
歌咏队使人听得出神，
祭司将灵感赋予心灵。

上帝告诉先知的语句充满智慧，
刻在石碑上，很完整，并没有碎。
预言家或是神巫在橡树林下
或是金色的庙中所说的话，
仍旧在清晨的风中飘过，
仍旧向乐意听的人低声诉说。
圣灵的言语在世界上虽然被忽视，
然而一字一句也没有失去。
我知道智慧的长老们的真言，

因为圣经就摊在我的面前，

古代的"黄金口才"和奥古司丁最好的著作 [4]，

还有一位作者将二者贯通融合，

近代的"黄金口才"或宝藏就是他，

泰勒是牧师中的莎士比亚 [5]。

他的话在我听来与音乐相仿，

我看见他穿着僧衣的可爱的画像；

然而，不论他的信仰给了他何等的先见，

叫我做那好主教我还是不愿。

〔注释〕

[1] 菲地亚斯是古希腊最出名的艺术家，尤以雕刻最出色，他的雅典娜女神像是尽人皆知的，他的宙斯像据说是世界七奇迹之一。

[2] 台尔菲的预言是日神亚普鲁庙中的神迹，由女祭司得到神的指示解答各种问题。

[3] 巴特农殿是古希腊最出名的建筑物，正在雅典城的高地上。据说这庙的雕刻像就是菲地亚斯监工督造的。一直到现在还可以看到遗留下的残迹。

[4] 圣·约翰·克里苏斯汤姆是希腊教的神父，以传道著称于时，他的名字：克里苏斯汤姆，在希腊文里，就是"黄金口才"的意思。圣奥古司丁本来是异教徒，后来皈依天主教，成为神父，最后任主教。他的神学著作是经典之作，影响既深且远。他的《自传》更是有名，为世界名著之一。

[5] 泰勒是十七世纪英国国教主教，以传道著称，但他写的散文可以算得上当时一大家。

断片（Fragments）

机智主要的用处是教
我们与没有它的人相处得很好。

为了要人人住在自己家里，
所以这世界这样广大无比。

日子（Days）

时间老人的女儿，伪善的日子，一个个
裹着衣巾，喑哑如同赤足的托砵僧，
单行排列，无穷无尽地进行着，
手里拿着皇冕与一捆捆的柴。
她们向每一个人奉献礼物，要什么有什么，
面包、王国、星，与包罗一切星辰的天空；
我在我矮树交织的园中观看那壮丽的行列，
我忘记了我早晨的愿望，匆忙地
拿了一点药草与苹果。日子转过身，
沉默地离去。我在她严肃的面容里
看出她的轻蔑——已经太晚了。

* 收入一九六一年香港今日世界出版社《美国诗选》（林以亮编选）。

梭罗诗选

〔美〕亨利·大卫·梭罗 著
Henry David Thoreau

冬天的回忆（Memories of Winter）

在这劳苦跋涉的生活圈子里，
时而有蔚蓝的一刹那到来，
明艳无垢，如同紫萝兰或白头翁，
春天散布在曲折的小河边的花。
这一刹那间，就连最好的哲学
也显得不真实，倘若它唯一的目标
只是慰藉人间的冤苦。
在冬天到来的时候，
霜浓之夜，我高栖在小楼上，
愉快的月亮寂静的光辉中，
每一根树枝，阑干，突出的水管上，
冰枪越来越长，
映着日出的光箭；
当时我记起去夏流火的正午，
一线日光无人注意，悄悄地斜穿过
高地上长着约翰草的牧场；
间或在我心灵中的绿荫里

听见悠长的闷闷的蜂鸣，嗡嗡绕着
徘徊于草原上的蓝色的剑兰；或是听见那忙碌的小溪——
现在它上下游整个喑哑，木立，
成为它自己的纪念碑——以前曾漩卷着潺潺地
在山坡上游戏，穿过附近的草原，
直到它年青的声音终于淹没
在低地的江河迟重的潮流中；
或是看见新刨的一行行田壤
发出光辉，后面跟着画眉鸟，
而现在四周一切田地都冻结，白茫茫
盖着一层冰雪的厚壳。这样，仗着上帝
经济的办法，我的生活丰富起来，
使我又能够从事于我冬天的工作。

烟（Smoke）

羽翼轻灵的烟，像古希腊的飞人，
高翔中被太阳熔化了你的翅膀；
不唱歌的云雀，黎明的使者，
在你营巢的茅屋上盘旋；
或是消逝的梦，午夜的幻影
曳起你的长裙；
夜间遮住了星星，日间
使光线黑暗并掩没了太阳；
上天去吧，我壁炉里的一炷香，
去请求诸神原宥这明澈的火焰。

雾（Mist）

低低地下了舵的云，
纽芬兰的寒气，
水源，河流的泉源，
露凝的布，梦的帷幔
仙子铺的饭巾；
空中飘过的草原，
开着整大片的雏菊与紫萝兰，
在那弯弯曲曲的泥沼里，
沼鸟砰然啼叫，鹭鸶涉水而过；
湖海江河的神灵，我祈求你
只把芳香与药草的香气
吹到正直的人们的田野上！

* 收入一九六一年香港今日世界出版社《美国诗选》（林以亮编选）。

《美国现代七大小说家》序

〔美〕威廉·范·俄康纳 著

William Van O'Connor

我们认为一个小说作家总该熟悉他这行手艺，能帮助我们发现这世界上有些东西是我们以前所不知道的，或者不是这样知道的；使我们发现一些我们相信是真实的东西，而这些东西又与我们的行为和态度有密切关联。我们认为一个小说作家应当找到隐藏在动作里的主题，也像我们在人生里一样。他必须思索，使这些主题成为活的东西，像个强烈的电流。主题应当与反抗它的、不受控制的、有一点没有成熟的事物挣扎——应当把它克服，或尽量将它克服。他不应当预先知道他的题材的意义。他必须等待故事开展，逐渐发现他的主题。如果这本书写完以后，主题极清晰地出现，那么作者大概是隐匿了一些证据，写出来的是一套教训或是宣传品。

我们同时认为故事应当生气勃勃得引人注目——一个舰长眼睛像疯子一样，追赶那只白鲸和他自己的死亡；[1] 约翰·马契整天梦想命运会给他带来一点特别的东西而无法自拔；[2] 海丝特·普灵胸脯上佩着一个醒目的 A 字，生活在树林与海洋之间的社会里，都是些清教徒，念念不忘犯罪；[3] 莫儿·富兰德斯，像个瓶塞子，不肯向痛苦的经验低头；[4] 乔·克利玛斯，他的社会拒绝承认他具有深厚的人情，而他偏遇到了不近人情的娇娜·波敦，使他自己的男子气概和他自己的生命都受到了威胁。[5]

我们同时认为一个故事的开端应当好。第一页就开始有一种水面下的激流，而且应当第一页就有——读者给它拖着，站不住脚，不久他就在作者创造的假想的海里拼命游泳起来。福克纳就擅长这种开场。在《八月之光》里，列纳坐在路旁，望着一辆运货车向她开来，她想："一直从阿拉巴马州开来。太远的路。"海明威也擅长这个。《战地春梦》第一页写些兵士在灰扑扑的路上走，灰尘落在叶子上，作者告诉我们那年秋天叶子落得早。第一段就告诉我们——虽然讲得不详细——以后将要发生什么事：

> 那年夏天快完了的时候，我们住在一个村子里的一幢房子里，隔着河与平原望过去，看见群山。河床里有小圆石头与大石头，在太阳里都是干的，白色的，水是清澈的，流得急，深处是蓝色的。军队经过那座房子，顺着那条路走，他们踹起的灰尘给树叶上都扑了粉。树干也灰扑扑的，那年叶子落得早，我们看见军队沿路排着队走，灰尘飞扬，风搅着树叶落下来，兵士排着队走，后来路上空无一物，雪白的，就剩下叶子。
>
> 那平原上的庄稼丰富得很：有许多果园，种着果子树，平原外的山是棕色的，光秃秃的。山上在打仗，晚上我们看见炮火的闪光。在黑暗中看着像夏天闪电，但是晚上凉爽，不像是大风雨要来了的感觉。……
>
> 冬天一开始，就永远下雨，虎列拉就跟着雨来了。但是它被遏止了，最后只有军队里害这病死了七千人。

人物应当使人无法忘怀，但是难得这样。E·M·福斯特[6]说，情节与故事为了别的原素都可以丢在一边，但是人物要栩栩如生。他又加上一句，说你看完了书以后，有些人物还久久在你脑子里活着，又有些人物当你看书的时候在那一页上活着，书一合上，立刻死了。伊德丝·华顿的人物也许大多数都是书一合上就死了的，但是你看她的书的时侯，有些人物是"活的"，有吸引力的。

凡是使人忘不了的人物，都代表一种宗旨，一种力量，一种情况，一种主要原素。这种人物在一个故事里的行动似乎是必然的；他们有一种神秘性，命运性，一种简单处。次一等的人物之有生命，是因为他们牵涉在一个局面里，或是因为作者字句的技巧，或是读者的好奇心，想知道"后事如何？"也许拿他业·霍桑的人物属于这一类。

一个人物不但应当"如在目前"，也应当"如闻其声"。杰·盖次璧[7]的一身打扮虽然鲜明刺目，我们要是不听见他说"老行家"，我们对于他的记忆还是不会那样深刻：

> 我进去了——先在厨房里叮叮当当发出每一种可能的声响，就剩下没有推翻火炉——但是我疑心他们一点都没听见。他们坐在卧榻上的两端，彼此对看着，仿佛问过一句什么话，或是空气里有个问题，窘态完全没有了。黛西满面泪痕，我一进来她就跳了起来，开始对着镜子用她的手帕擦脸。而盖次璧的反应简直使人发怔。他完全光彩照人；一个字也没说，也没有个胜利的喜悦的手势，而他散发着一种新的幸福，充满了小小房间。

"噢，哈啰，老行家，"他说，仿佛他好些年没有见过我似的。我有一刹那间以为他要拉手。

"不下雨了。"

"哦？"等他明白了我说什么，知道房间里有铃铛似的闪闪的阳光，他微笑了，像个气候预言家，像个狂喜的专司天日重光的神圣，他将这个消息转告黛西。"嗳，你说怎么着？不下雨了。"

"我真高兴，杰。"她的喉咙充满了痛楚哀伤的美，其实只在说她自己的喜出望外。

"我要你跟黛西到我家去，"他说，"我想带她去看看我的房子。"

"你不一定要我去吧？"

"一定，老行家。"

有些作者——汤麦斯·沃尔夫与海明威就是那样的作家——所用的主角本质上是一个人，是他们自己的第二自我，对于其他人物的感觉不过是通过他们与主角的关系。因此他们一部部小说有重写同一个故事的倾向。别的作家，譬如威廉·福克纳，能够创造许多人物，成为一个五花八门的社会，每人似乎有个人的生命，不仅在他与主角的关系上。

是亨利·詹姆斯[8]说的，一个真正使人忘不了的人物画得色彩鲜明——但是那外表必须与他心灵的本人一致，譬如狄更斯的乔·格杰里、囚犯迈格维支、杰格斯先生[9]；我们"看见"他们，也可以"摸到"他们，他们在书中动作里流动，像电流在磁场里。他们是何等样人，外表看来又是什么样子，这都影响匹普的情感与行动，与情节的发展。他们各自的为人，结果都渐渐成为匹普的一部分，使他在以后的岁月里有所改变。詹姆斯创造的鲍德罗小姐就是这样的一个人物（《艾斯盆文件》[10]里的"裘丽安纳"）。他描写那位老太太的相貌，呼之欲出，给你一种阴森森的过去的感觉。在下一章里，我们发现这个老太婆——几乎是个活死人——既贪婪，又恶毒，我们听见她笑，就知道詹姆斯创造了一个使人难以忘记的人物。都是亏了她，那局面——也就是情节——渐渐充满了兴奋和紧张。来访问的作家和那个闲静、慷慨但是并不美丽的侄女随即卷入一个向下的趋势里，无法摆脱。是她使全局动了起来，像一阵大风抓住了一张沉重的布帆，使这个故事有了荡气回肠的效果。

福克纳的小说里有许多人物的相貌与心灵状态都是不可分的。例如在《声势汹汹》[11]里，我们看见勒斯特，勤劳忍耐，然而稚气未除；宾吉，沉溺在悲哀的梦里，和那卑劣的尖酸刻薄的杰生。这小说收场是一个戏剧性的场面，每一个人物都在故事里，然而都似乎在向外边的空间和时间延伸：

　　　　他们向广场走去，广场上那个邦联士兵[12]石像两眼空空，在大理石的手底下向风雨张望。勒斯特再缩了一截子，他的马昆妮不怕打，他用树枝打了它一鞭，向广场四面望着。"杰生先生的车子在那边，"他说，然后他看见一群黑人。"我们让这些黑鬼看看上等人的气派，宾吉，"他说，"你说怎么样？"他回过头去看宾。坐在那里，把那朵花捏在手里，他的眼神空落落的，极其平静。勒斯特又打了昆妮一下，使它转向左手纪念碑那边。

有一刹那，宾坐在太虚里，然后他大吼一声，接着一声，喉咙越喊越高，几乎没有停下来透气。声音里不但有惊异，而且有恐怖，惊慌，无法描述，无法言传的痛苦；不过还是声音。勒斯特有一刹那吓得两眼翻白。"老天爷，"他说，"轻声点！轻声点！老天爷！"他又转过身去，用树枝打昆妮。树枝断了，他把树枝抛开，一方面宾的喉咙越喊越高，大得使人不能相信，勒斯特抓住缰绳末端，俯身向前，这时候杰生正跑上前来，三脚两步穿过广场，跳上马车踏板。

他反手一击把勒斯特甩到一边，抓起缰绳，用力扯，把昆妮扯来扯去；他又把缰绳打个双折，用它抽击马的胯骨。他连连抽打它，打得它上起下落狂奔，在宾的悲号声中，把马赶向纪念碑右边，然后他在勒斯特头上打了一拳。

"你这样糊涂，都不知道不能带他到左边去？"他说。他回手打了宾一下，又把花茎折断了。"闭嘴！"他说，"闭嘴！"他把昆妮往回一扯，跳下车来。"还不快带他回去。你再带他出那门，我杀了你！"

"是，是！"勒斯特说。他拿起缰绳，用绳子末端打昆妮。"起来！哪，起来！宾吉，看上帝份上！"

宾的声音吼了又吼。昆妮移动脚步，的的答答地平稳前进，宾马上住声。勒斯特很快地回头看了看，然后继续催马向前。折断了的花垂在宾的拳头上，他的眼睛恢复了空虚，恢复了蓝色的平静，一方面墙头的浮雕与房屋门面又都平滑地自左向右流过去；拴马桩与树，窗户与门洞，与招牌，都各各秩序井然在原处。

小说家知道他是精灵[13] 的朋友。精灵打一个手势——地上就冒烟。你再仔细一看，看见一个年青人咬紧嘴唇，走进西班牙一家通宵酒吧。一个侍者正在揩拭桌面，抬起头来微笑。啊，我们说，海明威。精灵鼓起腮颊，把烟云吹跑了。另一块云，我们又凝神窥视。我们看见一个有雀斑的青年，淡红头发，穿着一套条纹西服，眼睛是鹅眼的淡蓝色，长着淫欲的厚厚的嘴唇。他坐在一个破敝的旅馆前厅里。他是一个行商。这一天是十一月里，一九一〇年左右。电梯吱吱响着开了门，一位穿着长裙的小姐走了出来。她显然很穷，大概是到芝加哥来找事的。那个行商打算向她进攻。啊，我们说，狄奥多·德莱塞[14]。

　　每一个假想的世界都不相同，可以认得出来。从这本到那本，书中人物改变，背景改变——但是个人心目中的景象大都固定不移。越是改变，越是一样。伊德丝·华顿、辛克莱·刘易斯、F·斯葛特·菲茨杰拉尔德、威廉·福克纳、海明威、汤麦斯·沃尔夫、拿撒奈·韦斯特，有责任要我们相信他们创造的世界，对它起反应。

　　一个小说作家也应当会控制时间，用适当的字句形容天空的颜色、天气，是那天什么时候，一张旧桃心木桌子上的污渍、街灯、马车、头发式样、领带上的别针。同时他也需要给他的故事另一种深度[15] ——这个动作发生的时序时间，与一个永恒不变的时间，不论在一七九七年、一八三二年、或是一九六〇年都要能够认得出。在一个故事里是否能够造成永恒不变的时间，这是一个作家最大的考验，从这里可以看得出他是否可以持久。我们可以相当确定地说早期费滋杰罗的故事都是古董，将来只有专家与文化史家对它们才有兴趣。辛克莱·刘易斯所有的——或是大多数的——小说可能也遇到这命运。维娜·凯瑟[16]的《教授的房子》或是《我的死敌》大概不会遇到这个命运。

我们对美国小说家的要求，应当和要求于欧洲小说家的一样，不更多，也不更少——要他们和他们前面的伟大的作家比较，用以判断他们——和珍·奥斯丁[17]、狄更斯比较，或是和赫曼·梅尔维尔、拿他业·霍桑比较。

自从亨利·詹姆斯与福特·迈笃克斯·福特[18]屡次发表宣言以来，大家都讲究"技巧"、"性格描写"、"印象主义"、"观点"。这些观念使我们谈论小说比较容易——想必也帮助有些作家学会他们那行手艺。譬如说，如果威廉·福克纳没有研究约瑟·康拉德的马罗[19]，他要到几时才发现他的"印象主义"——他的《声势汹汹》与《亚莎龙，亚莎龙！》？然而他也许可以从爱弥儿·勃朗特[20]的《咆哮山庄》里学到不少东西。

一个人年青的时候，很容易菲薄"较老的一代"，但是T·S·艾略特[21]劝人不要这样，说：我们不应当夸口，以为我们比前人知道得多，因为我们知道的就是他们。这大概观察得对。目前现代派运动自身也已经渐渐成为过去的历史了，我们比较容易看出现代小说到底也是悠久的传统的一部份。

譬如说狄更斯，上一代称他为"感伤主义者"，他也许是的，但是还有什么小说比《孤雏血泪》更能抓住现代都市那种疯狂的气氛？维基妮亚·吴尔夫[22]的伦敦或约翰·多斯帕索[23]的纽约都无法和它比拟——乔易斯呼之欲出的瘫痪的都柏林[24]又当别论。

二十世纪的小说家，都知道把小说里的线索交代清楚，没有漏洞，记得说明叙述的焦点何以要放在那里。但是讲到一贯维持一个个叙述者稳定的焦点，亨利·詹姆斯与斯葛特·菲茨杰拉尔德都不比爱弥儿·勃朗特在《咆哮山庄》里更成功。她对于洪荒时期的感觉，或违反人性的感觉，或是宇宙性的感觉，使她接近 D·H·劳伦斯的《新发现》。

经常有人告诉我们，一个作者的世界观应当有一贯性——他的"世界"的前提应当引起情节、背景、人物、用字和哲学性的暗示。"海明威的世界"是独立自给的，它所揭露的是一个永远在战争中的世界，一个人面对着虚无幻灭。哈代[25]的世界观也是独立自给的，例如在《苔丝姑娘》与《倒运的裘德》里，连石头、连椅子和床是潮湿的，每一个黄昏都是阴沉的。

上述的一切，并不是说二十世纪的小说家才干不及前人——有的不及，有的并不是——但是我是说任何时代真正的艺术都有某种特点，而伟大的小说家总知道怎样讲故事。文艺的习尚来去无定。我们曾经有一个倾向，认为乔治·伊辽特[26]以无所不知的作者身份，常常打岔，有点使人头痛——但是我们不能不承认她对于人性的认识远远超过维基妮亚·吴尔夫，或是海明威；我们读她读到后来，终于压制住我们的厌烦，会说：是的，无论她有时出手么重拙，她对人类心理学的见解可真是既深且广。所以要点是：一个时代的伟大的小说家与另一个时代的伟大的小说家有许多相同之点。同一时代的也许初看似乎接近，然而也只是表面上如此。伟大的作家脱颖而出，把同时代的人远远抛在后面，他们生活在另一种时间里。

一切历史——包括文化史——都会丧失光泽，对某一作家、某一部小说热心的人不得不拿出抹布与擦粉，想叫大家看出时间的锈暗背后是宝贵的金属品。如果那金属品确是宝贵的，别的观察者也会承认。大概是为这原因，我们容许批评家存在——有时候还感谢他们。

〔注释〕

[1] 美国作家赫尔曼·梅尔维尔（1819－1891）著小说《无比敌》又名《白鲸记》(1851年)，象征人与命运的冲突，写捕鲸船长亚哈卜，只剩一条腿，誓必捕获那只狡猾的白鲸鱼复仇，结果覆舟身死。

[2] 亨利·詹姆斯著中篇小说《森林中的野兽》。写约翰·马契一直感觉到他会遇到一个奇异的可怕的命运，等待了许多年，突然悟到这件事已经发生了，他的命运是他一辈子什么事都不会发生。

[3] 拿他业·霍桑著小说《红字》，写十七世纪中叶，一个英国老学者赴美前二年，遭年青的妻子海丝特·普灵先去，而她在波士顿生了个私生子，不肯说出奸夫名字，被判佩戴红布制 A 字，代表 Adultress 淫妇。

[4] 英国小说家、散文作家但尼尔·狄福（1660？－1731）所著小说《荡妇自传》，写一个俏女佣的浪漫史。

[5] 威廉·福克纳著小说《八月之光》。参看本书福克纳章。

[6] 英国小说家，一八七九年生。

[7] F·斯葛特·费滋杰罗著《伟大的盖次璧》主角。

[8] 寓居英国之美国作家（1843－1916）。著有《使者》《碧庐冤孽》《黛丝·密勒》等小说。

[9] 狄更斯著《孤雏血泪》（*Great Expectations*）（1861年）书中人物。主角乃村童菲力·匹瑞甫，人呼为匹普，由姊带大，姊夫铁匠乔·格杰里素诚笃。匹普有获巨大遗产之希望，遂赴伦敦，鄙弃姊夫。旋发现匿名恩人乃囚犯迈格维支，发财希望寻亦告吹。

杰格斯先生乃精明律师。

[10] 一八八八年出版中篇小说，写一美国编辑赴威尼斯购取十九世纪初名诗人艾斯盆写给他的情妇鲍德罗小姐（他所谓"裘丽安纳"）的情书。但是这老妇极难对付。他佯作租屋，住在她家，乘她病危搜她的书桌，被她吓跑了。两个星期以后再来，她已去世，而她的中年未嫁的侄女爱上了他，云信件只能交给一个"亲属"，又把他吓跑了。下次见面时，她已经烧毁了那些信件。根据詹姆斯本人的札记，他听人说拜伦有一个情妇，那时还活着，手里有几封未经发表的书信，都是拜伦和雪莱写的。詹姆斯依据这个传说写了这篇小说。

[11] 写美国南部一个没落的家庭，一个儿子杰生卑劣，另一个儿子宾吉是个白痴，三十三岁不会说话，由忠仆黑人勒斯特看管他。

[12] 美国南北战争中南军。

[13] 原文"精"，jinn，乃回教神话中精灵，比天使低一级，能化身为人或兽，予人影响可善可恶。

[14] 美国自然主义作家（1871－1945）。著有《嘉丽妹妹》《美国悲剧》《巨人》等小说。

[15] 原文乃"原空"，即长度、阔度、厚度。时间乃"四次原空"，而此处不仅指通常时间。

[16] 美国小说家，女性（1876－1947）。所著《总主教之死》《原野长宵》与《开垦的人》有中译本。

[17] 英国小说家，女性（1775－1817），擅长描写社会风俗人情，著有《骄傲与偏见》《爱玛》等书。

[18] 英国作家，小说家（1873－1939）。

[19] 这神秘人物在康拉德下列小说里出现：《青春》《黑暗的中心》《吉姆爵爷》《机缘》。有时候他称为"我的船长"，有时候是请客的主人。吉姆受审时，他是法院里的一个旁听者，与主角有一种玄妙的交流。有时候又利用他替情节上做些必需的事。他又是叙述者。有一个"我"（不是主角）在讲故事，引马罗的话，终至成为马罗在报道。

[20] 英国女作家，姊妹三人均以写小说著称，大姊夏绿蒂（1816－1855）著有《简爱自传》（电影译名《简孃》），二姊爱弥尔（1818－1848）著有《咆哮山庄》（电影译名《魂归离恨天》），三妹安妮（1820－1849），声名稍逊。

[21] 英国诗人、批评家、散文家，原籍美国，一八八八年生。

[22] 英国小说家、批评家，女性（1882－1941）。擅长心理描写，著有《道乐威夫人》。

[23] 美国小说家、剧作家，一八九六年生，所著《美国》三部曲，规模宏大，以整个美国为题材。

[24] 爱尔兰京城。

[25] 汤麦斯·哈代，英国小说家，诗人（1840－1928）。所著《还乡记》《嘉德桥市市长》有中译本。

[26] 英国小说家，女性，原名玛丽·安·艾文斯（1819－1880）。所著《织工马南传》有中译本。

＊收入一九六七年香港今日世界出版社《美国现代七大小说家》（威廉·范·俄康纳编）。

本书由皇冠文化集团授权，仅限于中国大陆地区发行，不得销售至港、澳及任何海外地区。

图书在版编目（CIP）数据

爱默森选集 ／（美）爱默森著；张爱玲译 . —— 海口：南海出版公司，2023.4
ISBN 978-7-5735-0518-7

Ⅰ . ①爱… Ⅱ . ①爱… ②张… Ⅲ . ①文学－作品综合集－美国－近代 Ⅳ . ① I712.14

中国国家版本馆 CIP 数据核字（2023）第 078653 号

著作权合同登记号　图字：30-2024-054

爱默森选集
AIMOSEN XUANJI
[美] 爱默森 著
张爱玲 译

出　　版　南海出版公司　（0898）66568511
　　　　　海口市海秀中路51号星华大厦五楼　邮编 570206
发　　行　新经典发行有限公司
　　　　　电话（010）68423599　邮箱 editor@readinglife.com
经　　销　新华书店

责任编辑　侯明明
特邀编辑　沈　宇
装帧设计　李照祥
内文制作　贾一帆

印　　刷　河北鹏润印刷有限公司
开　　本　850毫米×1068毫米　1/32
印　　张　8.5
字　　数　130千
版　　次　2024年4月第1版
印　　次　2025年5月第2次印刷
书　　号　ISBN 978-7-5735-0518-7
定　　价　59.00元

版权所有，侵权必究
如有印装质量问题，请发邮件至 zhiliang@readinglife.com